DANS LES CHEMINÉES DE PARIS

87, quai Panhard-et-Levassor – 75647 Paris cedex 13
ISBN : 978-2-0812-4360-6

MARIE-CHRISTINE HELGERSON

DANS LES CHEMINÉES DE PARIS

Illustrations de Yves Beaujard

Flammarion Jeunesse

CHAPITRE 1

Albiez-le-Vieux en Savoie.
Juin 1789

Sur le balcon de la grange, le grand-père de Benoît est occupé à sculpter une souche de pin. De son couteau, il fait sauter les écailles de bois tendre. Assis sur ses talons, Benoît se donne des chiquenaudes pour chasser les copeaux qui tombent dans ses boucles.

— Quand tu reviendras de l'alpe, il sera fini, dit le grand-père.

— Ça va être qui ? demande Benoît.

— Ça va être saint Jean-Baptiste, le patron des ramoneurs.

— Je n'ai pas envie d'aller à Paris cet hiver...

— Ton père ne va pas te demander ce que tu penses avant de t'envoyer là-bas...

— Je veux rester ici. Je suis bien avec toi.

Le grand-père sourit. Il se penche pour poser son couteau, appuie sa sculpture contre le mur. Il entoure Benoît de ses bras et l'installe sur ses genoux.

— Regarde là-bas. C'est la Croix-du-Chatel. Le rocher brille avec ses plis et ses rides. Cet hiver, quand tu grimperas dans tes cheminées, tu penseras à lui. Il sera tout blanc de neige. Je le regarderai et je penserai à toi.

*

Mme Verduraz, la maman de Benoît, apporte sur la table un chaudron rempli d'une soupe de pois et de choux. Elle donne au grand-père une grosse miche de pain roux et dur. Il fait une croix dessus.

— Que Dieu bénisse notre famille et notre repas.

De son couteau, il taille de larges tranches que chacun coupe en morceaux et fait tremper dans son bol pour les ramollir.

Benoît regarde son grand-père : des gouttelettes de soupe s'accrochent aux poils de sa moustache. Il attend le moment où, passant la langue sur ses lèvres, son grand-père dira : « Anne, ta soupe est bonne. Ton Benoît deviendra un sacré gaillard. »

Benoît pense : « Moi, je ne suis pas pressé de devenir un sacré gaillard. »

— Enfin, dit Claude à son frère, on part ! On ne va pas rester toute notre vie à nous occuper des vaches du marquis et à payer des impôts.

— Vous avez aussi vos vaches, dit le grand-père. Et elles sont belles.

Dans la pièce unique, à côté des moutons et des chèvres, les trois vaches ruminent dans leur coin, leurs grands yeux noirs mi-clos. Leurs flancs battent au rythme lent et profond de leur respiration.

— Florine ! Gentiane ! la Rousse ! Tu crois que c'est une vie, reprend Claude. L'alpe, le foin, le fromage, le fumier et les impôts.

— On n'en paye pas plus que les autres, coupe son père. Ceux d'Aiguebelle en payent plus que nous. Et ils n'ont même pas de terre à eux. Nous, on a la terre du Génin. Elle est bonne pour l'avoine.

— Mais tu ne les comptes pas, les coups de faucille pour les blés du marquis. Tu lui donnes ta sueur, au marquis. Et la mienne avec. Il y a un jour où ça va finir, ça, gronde Claude.

— Le marquis nous paie avec du foin. On ne lui fait pas de cadeau.

— Et tu lui payes des droits sur le foin qu'il te donne ! Il ne te fait pas de cadeau non plus...

Benoît regarde son grand-père en clignant de l'œil : « C'est Claude qui est un sacré gaillard ! Il répond comme il veut à Papa. Il ne reçoit pas de coups de ceinture. Si moi je parlais sur ce ton, j'aurais la peau du dos écorchée comme celle d'un lapin. »

Après avoir fini sa soupe, Benoît frotte son écuelle avec un morceau de pain. Il avale un bol de lait caillé, se lèche les lèvres, essuie ses mains sur son pantalon et dit, satisfait :

— Claude se plaint des vaches mais, l'hiver, elles nous tiennent chaud.

— Avoir chaud et manger, ça ne suffit pas, dit Claude.

— Qu'est-ce que tu veux de plus ? demande M. Verduraz.

— Je veux mes terres à moi. Je veux mes vaches à moi. Mes moutons à moi. Et mon blé à moi.

— Et avec quels sous ?

— Si on payait moins d'impôts, j'aurais mes sous à moi.

M. Verduraz lève la tête :

— Claude, tu vas avoir des histoires. Quand tu avais l'âge de Benoît, tu étais content ici. Maintenant, tu cherches des querelles à tout le monde. Ça ne change rien de se mettre en colère. Et puis, si un jour tu épouses la fille Quézel-Ambrunaz, elle t'amènera des terres.

— Qu'elle me fiche la paix, celle-là comme les autres ! Personne ne comprend rien à rien ici. Personne. Mais ça va changer.

Claude prend son écharpe et l'enroule autour de son cou. Il donne un grand coup de pied dans la porte, prend un bâton et s'en va dans la rue du village. Benoît le suit et le rattrape.

Rageur, Claude casse le bâton contre son genou.

Qu'est-ce que tu as, Claude ?

Ce que j'ai ? Tu comprendras plus tard. Va te coucher. Un jour, tu en auras assez de faire ta prière devant des saints Jean-Baptiste en bois et de dire : « Oui, monsieur le Marquis. »

*

Nous sommes le 6 juin. C'est le petit jour. Les gens se préparent pour monter à l'alpe pendant les trois mois d'été. Sur la place du village, les vaches, les moutons sont rassemblés et se serrent les uns contre les autres, attendant le signal du départ. M. le curé Émieux est venu bénir le troupeau. Le tintamarre assourdissant des cloches résonne dans la vallée.

Une partie des bêtes appartient aux gens d'Albiez-le-Vieux et l'autre – la plus grosse – au seigneur, marquis de Coudrée, et à M. Baffert. Pour garder leurs bêtes, ils paient les familles avec du foin et du blé.

Derrière le troupeau viennent quelques ânes chargés de gros bidons, de seaux et de chaudrons. Ils feront la navette entre le village et les chalets de l'alpe. Sept familles vont monter avec les animaux.

M. Verduraz partira seul avec ses fils. Sa femme restera avec leur fille et le grand-père : ils s'occuperont des jeunes enfants dont les parents s'en vont.

Benoît porte sur son dos deux lourdes couvertures de laine et, à la main, un gros pot en terre pour les fromages.

Bientôt, il n'aura plus personne pour le gâter. Gâter ? Oh, pas beaucoup ! Mais le soir, le grand-père tire sa chaise près du lit de Benoît pour lui raconter des histoires. Sa mère lui fait chauffer un bol de lait lorsqu'il se lève, le matin. Elle lui coupe encore son pain. Et les jours de foire à Saint-Jean-de-Maurienne, elle s'arrange pour que Benoît reste regarder les jongleurs et le montreur d'ours aussi longtemps qu'il en a envie.

Claude sonne la corne. Les moutons bêlent. Les chiens aboient. Les vaches lèvent la tête. Et les trois chats – qui protégeront les fromages contre les rats – se frottent le dos contre le mur.

Le taureau se met en marche. À sa suite le troupeau s'avance dans un éclatement de clochettes.

Derrière le village, on prend le sentier bordé de pierres en direction des chalets des Teppes. L'air est frais. Il fait très beau.

Benoît ramasse quelques boutons d'or qu'il dépose devant la croix. M. Verduraz s'agenouille avec respect. Claude incline hâtivement la tête.

On continue la montée. Les vaches flairent la liberté des pâturages de montagne. De leurs pattes agiles aux sabots fins, les tarines[1] grimpent le long des pentes. De leurs langues noires, elles arrachent des touffes savoureuses, dures et luisantes, tandis que les moutons marchent, serrés, pattes contre pattes, dos laineux contre dos laineux.

*

On arrive aux Teppes. Aussitôt les femmes ouvrent et préparent les deux chalets où vont vivre les familles. Elles étendent les paillasses par terre, installent les chaudrons de cuivre pour les fromages, nettoient les rateliers suspendus au plafond et y mettent le pain à l'abri des rats.

Les hommes plantent des piquets pour attacher les vaches, réparent la barrière de l'enclos des moutons. Pendant ce temps les enfants gardent les bêtes.

Puis c'est l'heure de la traite. Le troupeau est rassemblé.

Avec une chaîne, chacun met à sa cuisse le tabouret à un pied sur lequel il s'assoit pour traire, appuyant son front en sueur contre le poil roux doré de la vache.

1. Tarine ou tarentaise : race bovine de la Tarentaise, l'une des régions de la Savoie.

Benoît fait le va-et-vient pour vider les seaux dans les grands bidons. Une des mules en descendra deux aux familles restées à Albiez. Les autres bidons seront gardés au frais dans un torrent qui coule derrière le chalet.

Et de nouveau, les bêtes vont brouter. Avant la nuit, les vaches sont regroupées et attachées dans leur abri, et les moutons, parqués.

Il fait bon se reposer après cette première journée. Benoît mange son fromage, une tranche de pain couverte de beurre fondu. Puis discrètement, il quitte la table. Il sort de sa poche un morceau de sucre donné par son grand-père, sur lequel il passe trois coups de langue gourmande. Il suce ses lèvres. S'il fait bien attention, le morceau durera plusieurs jours. Il souffle dessus pour le faire sécher et le glisse dans le pli de son bonnet. Satisfait, il rentre dans le chalet et s'installe sur sa paillasse.

Par la fenêtre, dont on a laissé les volets ouverts, il aperçoit un rectangle de ciel sombre percé d'étoiles. « Claude a beau dire, pense Benoît, lécher un morceau de sucre et avoir une couverture, c'est déjà pas si mal. »

*

Bien avant que le soleil n'apparaisse, les gens du chalet sont debout. Il est quatre heures. On se prépare pour la traite du matin.

Claude s'approche de Benoît et le tire par les pieds :

— Debout ! Grand-père n'est pas là pour venir te caresser les cheveux et te faire faire ta prière. Ici, tu travailles. Va porter les seaux dehors et viens m'aider à mettre le fumier en tas.

Benoît récupère sa couverture et s'emmitoufle en ronchonnant :

— Je ne voulais pas venir à l'alpe, moi ! Je serais mieux à Albiez. C'est Papa qui m'a forcé.

— Et il a bien fait ! Si tu crois que cet hiver à Paris, tu vas pouvoir rester le matin à te faire bichonner comme un veau qui vient de naître... Tu n'auras personne pour te faire chauffer un bol de lait. Il va faire bien plus froid qu'ici et tu auras de la suie dans les trous de nez. Autant que tu prennes l'habitude de la vie tout de suite.

Benoît enfile son pantalon de bure, un vêtement rêche de laine tissée. Dans la pliure de son bonnet, il tâte le morceau de sucre et sourit. Personne n'est venu le lui chiper.

Dehors, sous leur abri, les vaches meuglent, attendant qu'on les libère.

— Vous avez vu ? dit M. Verduraz aux enfants qui vont garder les bêtes, c'est tout noir du côté de la forêt de Tré-Crêt. Ça va tomber tout à l'heure.

Bientôt les premiers rayons blancs du soleil ourlent de lumière pâle de gros nuages sombres. Benoît regarde le ciel, inquiet : il aura à veiller sur quinze vaches.

Les bêtes sont soulagées. Nerveuses, elles s'échappent vers les pentes.

Un vent frais rampe sur le versant de la montagne. Benoît n'est pas pressé d'aller garder ses vaches. Il est assis derrière le chalet.

« Si je me glisse sous ma couverture, ils penseront que je me suis rendormi. Grand-père doit être devant la grange à tailler son saint Jean-Baptiste. Dès qu'il l'aura fini, il le mettra dans l'église près de saint Bernard et de saint Guérin. Et tous les gens du village viendront le voir. M. le curé Émieux sera heureux. Ça sent bon quand il fait brûler de l'encens. Et Maman doit être avec la petite sœur, accrochée à sa jupe, en train de sucer de la pâte de pommes. Elle, elle a de la chance. Elle n'a pas besoin de devenir un sacré gaillard. Si j'avais un goitre, on me ficherait la paix. Et on ne me laisserait sûrement pas partir à Paris. Si j'étais crétin, comme Sébastien, on m'enverrait mendier dans les rues, au moins je n'aurais pas à travailler. Mais peut-être que Sébastien n'est pas tellement heureux avec son front cabossé et ses grandes oreilles, et son bout de nez rouge. Il pleure tout le temps sans qu'on sache pourquoi. »

Un premier craquement de tonnerre. De grosses gouttes éparses. Une rafale de vent.

— Benoît ! Mais qui est-ce qui m'a fichu un gamin pareil ! Tu ne l'entends pas, le tonnerre, non ? Et tes vaches ? Tu vas les laisser courir sous la pluie ?

Benoît se lève en toute hâte. La voix de son père a le ton qui précède les coups de ceinture.

— Ramène-les, boudou ! Ou tu vas te faire frictionner les oreilles !

Les vaches sont déjà très loin. Des tourbillons d'air claquent sur les joues de Benoît. Il met un sac sur sa tête et, à toutes jambes, court sous la pluie.

L'orage est là maintenant. Soudain Benoît a peur. Pour la première fois, il a la charge de plusieurs bêtes, et il est seul. Les vaches, énervées par les coups de tonnerre, montent dans la direction des Aplanes. Les pentes sont plus abruptes. Les rochers plus glissants.

— Boudou ! Arrêtez-vous donc, sacré boudou !

Éclairs et tonnerre alternent rapidement. Benoît dérape, tombe à quatre pattes dans l'herbe. Il enlève ses sabots trop lourds et continue à grimper.

« Mais où vont-elles, ces sacrées bêtes ? Elles vont monter jusqu'à la plaque de glace ? Saint Jean-Baptiste, arrêtez-les pour moi, ces maudites vaches ! »

La pluie est dense. Benoît ne voit plus rien. Il s'assoit près d'un rocher et se couvre la tête avec son sac. Le tonnerre craque. Il ne peut entendre ni les cloches des vaches ni la corne que l'on sonne du chalet.

« Est-ce que les autres ont déjà ramené leurs bêtes ? J'espère que ce ne sont pas nos vaches à nous qui se sont perdues. Ce serait encore pire que si c'étaient celles du marquis. Gare aux coups de ceinture quand je vais redescendre ! »

De chaque côté du rocher auprès duquel il est assis, des torrents d'eau roulent. Des éclairs soufrés frappent au hasard les rochers. « C'est le ciel qui court en enfer », pense Benoît.

*

Enfin les coups de tonnerre s'espacent, s'adoucissent, s'estompent. Benoît sort la tête de son sac.

Un coin de ciel bleu crève les nuages. Pas très loin, le tintement rassurant des cloches : les vaches se sont rassemblées d'elles-mêmes. Benoît grimpe vers elles, les dépasse et leur lance quelques pierres pour les faire descendre. Docilement, les vaches, calmées après l'orage, prennent le chemin des Teppes.

M. Verduraz regarde le troupeau :

— Et la Florine, où elle est ?

— Je ne savais pas qu'elle était là-haut.

— Tu n'avais qu'à le savoir. Et que je ne te revoie pas sans elle !

Benoît remonte la pente. Il retrouve le rocher où il s'était réfugié, oblique sur la droite, suit un torrent gonflé d'eau. Il écoute. Si Florine est par là, on devrait entendre sa cloche. Il longe un ravin, traverse un éboulis. De là, il devrait apercevoir une large partie de l'alpe. Mais du haut du rocher, il ne reconnaît pas le profil de la pente. Dans le creux vers la gauche, pas de chalet. Le ciel est bleu, brillant. Des insectes vrombissent de fleur en fleur.

— Té !... Té !... Florine ! crie Benoît en mettant ses mains en porte-voix.

— É... É... Ine... répond l'écho.

« Mais qu'est-ce que je vais faire, si je me suis perdu ? Et eux ? Ils vont s'inquiéter plus de leurs vaches que de moi. Si Grand-Père avait été là, il n'aurait jamais accepté que Papa me laisse partir tout seul. Mes sabots ! Boudou ! J'ai perdu mes sabots ! Florine et mes sabots, je ne vais jamais sortir vivant des coups de ceinture. »

Benoît décide de revenir sur ses pas. Il descend le ravin, reconnaît les touffes de gentianes et de narcisses. Là, il y avait un terrier de marmottes. Le voilà. Il suit le cours du torrent.

« Tu es aussi crétin que Sébastien, se dit Benoît. Tu te crois perdu parce que tu ne vois pas ton chalet et les gens de l'alpe. Apprends donc ton chemin. »

De nouveau tout près, Florine, immobile, le dos droit, le pelage doré, passe sa langue noire sur ses narines en regardant Benoît. Elle secoue la tête.

— Tu ne pouvais pas la faire sonner plus tôt, ta clarine, non ? Si tu l'as autour du cou, c'est pour qu'on l'entende. Tu restais sans bouger, hein ? Et mes sabots ? Tu les as vus ?

Benoît lui tire l'oreille et lui donne une tape sur la croupe. Puis il redescend vers le chalet.

— La voilà ! La voilà !

— Et tes sabots ? Tu les as perdus, hein ? Tu crois que le grand-père va s'amuser à te tailler des sabots tous les jours ?

M. Verduraz enlève sa ceinture et s'apprête à frapper.

— Allons, laisse-le, dit Claude. Gérard Quézel-Ambrunaz les a trouvés. Alors, Benoît, ça te plaît la vie de l'alpe ?

— Non, ça ne me plaît pas.

— À moi non plus. Je ne veux pas faire le travail des autres toute ma vie. Si c'était mes vaches à moi, ça ne serait pas pareil. En France[1], je mettrai des sous de côté. Après, j'achèterai des terres à la commune. Je ne dépendrai pas toute ma vie de Papa et du marquis. Je ne dépendrai de personne, tu m'entends ? Ça te plairait à toi ?

1. À l'époque, la Savoie n'était pas encore rattachée à la France.

— Moi, ce que je veux, c'est qu'on me laisse tranquille.

— Et tu veux passer toute ta vie à monter à l'alpe pendant l'été ? À traire des vaches qui ne sont pas à toi ? À couper du foin qui pourrit quand il pleut ? À moissonner les blés du marquis pour qu'il te donne trois sacs de farine ? À faire grossir des poulets que tu ne pourras pas manger parce qu'il faudra les vendre pour payer tes impôts au marquis et au curé ? Tu n'auras jamais ton blé à toi, et il faudra que tu ailles racheter l'avoine que tu auras semée et moissonnée. C'est ça que tu veux ? Hein ? Tu veux dire oui à Papa toute ta vie et recevoir des coups de ceinture ?

— Il ne t'en donne plus, des coups de ceinture, Papa.

— Il manquerait plus que ça !

— Moi, ce que je veux, c'est rester à Albiez, tranquille. Et qu'est-ce que je peux lui faire, au marquis, moi ? Lui donner un coup de bâton derrière la tête ? Si c'est pas ce marquis-là, ce sera un autre.

— Tu changeras d'idée, Benoît. Ça, je peux te le dire.

*

Benoît regarde fabriquer les fromages. Il se tait. Il ne gêne personne. Les femmes versent le caillé brisé dans les chaudrons pour le faire chauffer. Benoît devient très complaisant :

— Est-ce que vous avez encore besoin de bois ?

— Comme tu es gentil ! répond Mme Quézel-Ambrunaz. Oui, va nous en chercher.

« Je vais l'avoir, mon caillé... » se dit Benoît. Il va et vient du chalet à l'abri des moutons où est entassé le bois.

— Ces tommes sentent très bon...

— Tu veux du caillé ? Tu l'as bien mérité, dit Mme Quézel-Ambrunaz. Mets donc un peu de pain dedans. Ils nous en ont monté du village. Ta mère l'a fait cuire il n'y a pas longtemps. Il est encore tout tendre.

— De quoi se plaint-il tout le temps, Claude ? Quand il n'y a pas d'orage et pas de vaches à aller chercher, ce n'est pas si mal. »

*

Et pourtant quel travail ! Jusqu'à dix-huit heures par jour.

Le matin, après la traite, il faut entasser le fumier que l'on descend dans les champs pour enrichir la terre. Il faut ramasser le seigle, l'avoine, le chanvre pour faire de la toile. À plus d'une heure de marche des chalets, on va couper l'herbe haute, précieuse pour nourrir vaches et moutons pendant l'hiver, lorsque le village est sous la neige.

Claude met sur son dos un énorme ballot de foin serré par trois cordes munis d'anneaux. Il le descend seul à Albiez. Gare si Claude se fâche un jour, pense Benoît. Il est fort et il peut porter aussi lourd que deux mules.

*

M. Verduraz a planté des pommes de terre. Avec soin, il a préparé le champ. Au village, on s'est moqué de lui : jamais il n'arriverait à faire pousser des pommes de terre ici, puisqu'on n'en avait jamais planté jusqu'à présent. Pourtant, à la foire de Saint-Jean-de-Maurienne, des montagnards venus d'autres villages lui ont conseillé d'essayer. Et ça a réussi. Très bien. À la première récolte, toute la famille Verduraz s'est régalée. Mme Verduraz a fait cuire les pommes de terre et les a assaisonnées de fromage et de crème.

Cette année, Benoît aide son père avec plaisir le jour où il va arracher les pommes de terre.

— Tu as bien travaillé aujourd'hui, lui dit celui-ci. Je t'en donne deux. Tu peux les faire cuire sous la cendre et les manger ce soir. Et tu n'as pas besoin de les faire goûter aux autres. On s'est assez moqué de moi quand je les ai plantées, l'année dernière !

Benoît met ses pommes de terre sous la braise dans un endroit pas trop chaud. Il va vérifier de temps à autre la cuisson.

Gérard Quézel-Ambrunaz le regarde :

— Elles ne seront jamais cuites si tu les piques comme ça. Tu vas toutes les écraser.

— Elles sont à moi.

— Je sais bien, qu'elles sont à toi. Tu m'en feras goûter ?

— Jamais !

— Et ton morceau de sucre ? T'en as encore ?

— Ça fait longtemps qu'il est fini.

— Quand j'en aurai, je ne t'en donnerai pas. Et si tu perds tes sabots, ce n'est pas moi qui les rapporterai.

— Je m'en fiche. Tu n'as même pas de grand-père pour t'en tailler, des sabots.

Benoît retire les pommes de terre du feu. Il monte sur un tabouret, attrape le pot dans lequel on garde le beurre fondu. Il plonge ses pommes de terre dans le beurre. Bien grasses, et toutes chaudes. Il les retire et, sans se soucier des yeux envieux de Gérard, les croque. Personne ne lui a posé de question. Personne ne l'a vu prendre du beurre. Il s'est régalé sans être grondé.

*

Un jour, Benoît a ramené au chalet un agneau né dans les rochers près du chalet des Aplanes. Il prend la masse de chair frémissante dans ses bras, frotte son nez dans ses poils humides.

Suivi par la brebis, il redescend aux chalets des Teppes, en faisant attention de ne pas glisser. D'habitude, Benoît ne s'attendrit pas sur les animaux. Mais cet agneau, c'est lui qui l'a trouvé. Il prend de la paille, la brise pour la rendre molle et le dépose dessus. La brebis pousse Benoît de la tête :

— Allez, je m'en vais. Il sera bien ici. Mieux que dans les rochers. Je ne vais pas te le prendre. Je sais qu'il est à toi.

Et l'agneau se laisse lécher à coups de langue râpeuse qui font friser ses poils.

*

Les journées sont plus courtes et plus fraîches. C'est la fin du mois de septembre. Benoît est heureux : bientôt, on va descendre à Albiez.

Le chalet est fermé. On rassemble les fromages, le beurre, tout le matériel qu'on avait monté au mois de juin. Lentement, le troupeau prend le chemin du retour.

Benoît est content de revoir le village. Sur le balcon de la grange, à côté des grains qui finissent de sécher, le grand-père est occupé à peindre son saint Jean-Baptiste :

— Alors, Benoît, l'alpe, ça t'a plu ?

— Pas vraiment, mais maintenant je suis capable de porter des seaux de lait très lourds et je n'ai pas peur des orages.

— Tu grandis. La petite sœur aussi. Elle commence à parler.

— Où elle est ? demande Benoît.

— Au champ, avec ta mère.

— Il est beau, ton saint Jean-Baptiste, s'exclame Benoît. Tu m'apprendras à sculpter ?

— Pas cet hiver... Paris...

— Je sais bien, soupire Benoît.

Mme Verduraz revient des champs, courbée sous un énorme rouleau de foin. La petite sœur trottine en marmottant : « Pépépapa mamapapé ». Son ballot sur le dos, Mme Verduraz grimpe l'échelle qui mène au *solaret*, le grenier au troisième étage du chalet. Puis elle descend, les cheveux couverts d'herbes et les bras griffés de brins durs. Elle essuie son front en sueur, attrape sa fille dans ses bras et se hâte vers la maison où elle doit préparer le repas du soir.

— Alors, l'alpe, ça t'a plu, mon Benoît ?

— On ne m'a pas demandé mon avis pour y aller. J'étais sans toi là-haut.

— Et cet hiver, c'est Paris...

— Alors, c'est vrai que tu m'envoies là-bas ?

— Tu ne seras pas tout seul. Gérard y va aussi.

Et pour ne pas avoir à parler davantage de ce départ qui l'inquiète, Mme Verduraz s'assoit devant un tas de carottes et de lentilles pour faire sa soupe. Puis elle va chercher un seau d'eau à la source. Benoît la rattrape :

— Je vais te le porter, ton seau. Tu vas voir si je suis fort, maintenant. Moins fort que Claude, mais aussi fort que toi.

Chapitre 2

En se levant, M. Verduraz est allé voir le baromètre sur la porte. La branche d'osier est verticale. C'est le beau temps. Il va en profiter pour couper du bois dans la forêt de Tré-Crêt.

Ce bois ne lui appartient pas. C'est celui de la commune. Il y a trente ans, le père du jeune marquis de Coudrée possédait encore toute la forêt. Mais, ayant eu besoin d'argent pour agrandir ses étables, il en avait vendu une partie à la commune d'Albiez. Et chaque famille a désormais le droit d'aller y faire des coupes.

M. Verduraz aiguise avec soin sa hache : il mouille de sa salive la pierre oblongue qu'il passe et repasse sur le tranchant avec de petits mouvements circulaires.

Benoît est à côté de son grand-père qui lui dit :

— Allez, va à Tré-Crêt. Ça fera plaisir à ton père. Claude ronchonne tout le temps. Après le bois de la commune, il faudra couper celui du marquis. Et tu sais bien comment ça plaît à Claude de travailler pour le marquis !

Le grand-père fait un clin d'œil à Benoît en faisant rouler un bon rire au fond de sa gorge.

— Claude, s'il pouvait, il se débarrasserait du roi Victor-Amédée. Tant qu'il n'aura pas toute la Savoie pour lui, Claude rouspétera.

— Mais qu'est-ce qu'il a donc contre tout le monde, Claude ? demande Benoît. Il n'est jamais content.

— Ce n'est pas toujours facile de savoir pourquoi les gens rouspètent, répond le grand-père. Et peut-être Claude ne le sait-il pas vraiment, lui non plus.

Benoît est satisfait de peu : un morceau de sucre, un bout de sapin dans lequel il taille un animal qui ressemble vaguement à une chèvre-vache, un sermon pas trop long à l'église, le dimanche. Des beignets et des matefaims de farine blanche de blé pour Noël, Pâques et la Pentecôte. Et une causette avec son grand-père pour écouter les histoires des fées qui habitent dans les creux des roches de Montroud.

— Allez, Benoît, va à la forêt. Cet hiver, quand tu seras à Paris, je regarderai le bois dans le feu en me disant : « C'est peut-être bien celui que Benoît a ramassé », et je penserai à toi.

*

Benoît n'a pas demandé à monter dans la charrette, et pourtant, il en a bien envie. La marche n'est pas désagréable. Il fait beau. Le long du chemin, un oratoire est dédié à saint Joseph. Benoît s'arrête, regarde la statue dont le bois gris apparaît sous la peinture écaillée. Il incline la tête et dit tout bas :

— Tu aimais sans doute beaucoup le bois, comme Grand-Père, puisque tu étais charpentier. Mais on ne t'envoyait pas dans la forêt pour faire des fagots.

La coulée où l'on fait glisser les troncs d'arbres coupés est bien dégagée et débroussaillée. M. Verduraz se met tout de suite au travail. Il fait de larges entailles dans un sapin. Lorsque l'arbre est sur le point de basculer, il le pousse, aidé de Claude. Le tronc crisse, gémit, craque et, décrivant un large quart de cercle, s'écroule. Aussitôt, à coups de hache, on dépouille le sapin de ses branches.

Benoît rassemble en tas les branches coupées et, avec Claude, fait des fagots. Il se griffe les bras. Mais il ne dit rien. Claude se moquerait de lui. Déjà, M. Verduraz attaque un autre arbre. Pendant ce temps Benoît part à la recherche de champignons.

Au loin, il entend les coups réguliers de la hache et pour ne pas avoir à revenir tout de suite, il se couche sur une plaque de mousse serrée et tendre. Il regarde au-dessus de lui.

« Comment ça va être, ces cheminées de Paris ? Aussi hautes qu'un sapin ? Est-ce qu'on aperçoit un bout du ciel quand on est en bas ? Je n'ai pas envie d'y aller. Boudou de boudou, ce que je n'ai pas envie d'y aller ! »

— Ohé ! Benoît !

C'est la voix de Claude.

Un second arbre a déjà glissé le long de la pente. Et M. Verduraz est descendu pour le scier. Les garçons attachent les branches avec des cordes et tous deux tirent les longs fagots, remontent et redescendent. Six fois.

Puis on arrête pour le repas de midi. Claude a apporté une gourde avec de l'eau et du vin.

— Allez, prends-en une goutte, dit-il à son frère.

— Si tu avais mis du sirop de pomme au miel, ce serait meilleur.

— Le sirop de pomme, c'est pour les malades.

— Moi, j'aimerais bien être malade, soupire Benoît. Je resterais au lit. Grand-Père viendrait mettre sa main sur mon front et me donnerait du sirop de pomme au miel. Ce serait meilleur que ton vin.

— Tu ne grandiras donc jamais, Benoît ?

— Je ne suis pas pressé, je te dis.

— Paris, ça va te faire du bien, dit M. Verduraz. Beaucoup de bien.

Au cours de l'après-midi, les deux troncs d'arbre sont chargés sur la charrette aux roues hautes.

— Ne me perdez pas mes champignons, dit Benoît. Je les mets dessus.

Benoît est courbé en deux, un fagot sur le dos. Et l'on rentre au village. Soudain, une des roues de la charrette s'enfonce dans une ornière. À la hâte, Claude s'arc-boute pour la retenir.

— Boudou ! hurle M. Verduraz. Tu vas te faire écraser.

Claude saute de côté. La charrette bascule, et le lourd chargement dégringole.

— Tu ne pouvais pas la conduire comme il faut, la charrette, non ? À dix-huit ans, tu ne sais pas diriger une charrette ? Tu crois que tu vas savoir diriger une ferme, si tu n'es pas capable de diriger une charrette ? gronde M. Verduraz.

Benoît se redresse, laisse tomber son fagot et proteste :

— Claude ne l'a pas fait exprès. Ça ne t'est jamais arrivé, à toi, de faire basculer une charrette ?

M. Verduraz regarde Benoît sans rien dire. C'est la première fois que Benoît ose lui répondre.

Et Benoît continue :

— C'est toi qui l'as mal chargée, ta charrette, et en plus, tu as écrasé mes champignons.

— Fiche-moi la paix avec tes champignons. Tu aurais mieux fait d'aller ramasser des fougères pour les vaches. Cet hiver, elles ne les mangeront pas, tes champignons.

— Et toi, tu ferais mieux de refaire ton chargement et de laisser Claude tranquille.

M. Verduraz regarde Benoît, regarde Claude : « Oui, ses fils grandissent. » Et Claude lance un clin d'œil à Benoît : « Toi, tu as de la chance de ne pas écoper un coup de ceinture... »

Benoît charge son fagot. La charrette démarre. Et sans un mot, on fait le chemin du retour jusqu'au village.

*

Sur le balcon, le grand-père est en train de tailler des sabots.

— Ça va être pour qui ? demande aussitôt Benoît.

— Pour toi. Pour partir en France. Tu vas avoir du chemin. Il te faut quelque chose de solide aux pieds.

— J'ai ramassé des champignons. Ils sont un peu écrasés, la charrette a versé.

— Il a dû en dire de belles, ton père !

— Pas tellement, Papa a bien vu que Claude et moi, on n'était pas prêts à accepter des coups de ceinture toute notre vie.

Dehors, M. Verduraz, en attendant le repas du soir, scie les longues bûches de sapin.

Benoît, dans la maison, installe ses champignons sur une planche.

— C'est des champignons. Cham-pi-gnons, explique-t-il à la petite sœur.

— Non... non... non...

— Mais si ! C'est des champignons. Cham-pi-gnons.

— Non... non... non...

— Eh ben, puisque c'est pas des champignons, tu n'en auras pas !

Benoît va mettre au soleil sa planche où, méticuleusement alignées, les chanterelles orangé brillant alternent avec les trompettes-de-la-mort brun-noir.

*

C'est dimanche. Mme Verduraz s'est levée tôt pour traire les vaches. Puis elle fait chauffer une grande marmite d'eau. Elle la verse dans un baquet en bois installé sur la table. À tour de rôle, chacun se frotte la figure. M. Verduraz, Claude et le grand-père se rasent avec soin. Benoît les regarde tout en caressant sa joue douce et lisse avec une branchette.

Mme Verduraz refait ses deux tresses et les remonte sur sa tête, met un bonnet et sort de l'armoire sa robe de laine. Puis elle peigne les cheveux de sa fille. Benoît aplatit avec de l'eau ses boucles qui se redressent aussitôt dans tous les sens.

Et la famille va à l'église.

Près des fonts baptismaux, sur un socle en bois, M. le curé Emieux a installé le saint Jean-Baptiste au visage beige rosé et aux longs cheveux noirs.

Dans la nef, les femmes se placent à gauche, les hommes à droite. Une bonne odeur d'encens et de cire se répand. Benoît fait une prière au saint Jean-Baptiste de son grand-père pour que le sermon ne soit pas trop long.

La famille de Benoît a apporté une miche de pain dans un torchon. M. le curé Émieux fait une croix dessus avec de l'eau bénite la veille de Pâques. Puis M. Verduraz coupe le pain dans une corbeille et chacun des assistants en prend un morceau. C'est le moment où les gens du village pensent : « Nous faisons partie de la même paroisse. Nous vivons tous à Albiez. Que Dieu protège nos familles, nos troupeaux et nos terres. Nous en avons tous besoin pour vivre. »

*

Après la messe, on se rassemble sur le parvis de l'église. Le conseil de la commune veut parler avec Louis Frasse, le représentant du marquis de Coudrée.

Le marquis de Coudrée demeure à Saint-Jean-de-Maurienne, mais il possède beaucoup de terres à Albiez-le-Vieux. Et il y a souvent des problèmes entre les gens du village et lui. C'est Louis Frasse qui est chargé de les résoudre aussi bien que possible.

— Louis, dit M. Verduraz, on a deux choses à demander au marquis. Tu sais qu'on lui doit des fèves et des lentilles parce qu'il nous a laissés prendre du bois. Moi, j'ai mes pommes de terre, mais il y en a qui n'arriveront pas à passer l'hiver s'ils doivent donner leurs fèves et leurs lentilles. Est-ce que le marquis accepterait qu'on le paye l'année prochaine ?

Louis Frasse : Je peux lui demander. Mais vous lui devez déjà de l'avoine d'il y a deux ans... Le marquis a donné des terres.

Claude : Il ne les a pas données ! On les a achetées !

Louis Frasse : D'accord, vous les avez achetées pour rien.

Claude : Pour rien ? Tous les sous qu'on a rapportés de Paris à ramoner sont passés dans l'achat des terres du marquis. Ne viens pas nous dire qu'il les a données.

M. Verduraz : Claude, ne t'emballe pas, ça ne sert à rien. Le deuxième problème, Louis, c'est la question des terres du Mollard. Cette année, il y a trop de moutons à Albiez. Est-ce que le marquis pourrait nous laisser mettre les moutons à pâturer dans ses terres pendant le mois d'octobre. Novembre, s'il ne neige pas encore.

Louis Frasse : Ah ! non ! Le marquis veut bien être bon mais, là, vous y allez trop fort, vous autres. Si vous avez gardé trop de moutons, débrouillez-vous. Nourrissez-les sur vos terres à vous.

Claude : On a presque pas de terre à nous ! Tu le connais le droit d'échute, hein ? Si un homme meurt sans enfant, c'est le marquis qui les récupère, les terres. Il en a assez grand. On ne devrait même pas avoir besoin de lui demander quelque chose. Ses terres, c'est nous qui les cultivons. C'est nous qui devrions garder ce qu'elles produisent.

— Tu vas te faire donner des coups de ceinture, murmure Benoît à Claude. Et qu'est-ce que le marquis va penser de toi quand Louis Frasse ira lui raconter ?...

— Tu es un gamin, Benoît. Tais-toi. Le marquis, je m'en fiche de ce qu'il pense.

Puis Claude continue très fort :

— Ceux qui sont d'accord avec moi pour mettre leurs moutons sur les terres du marquis, qu'ils lèvent la main droite !

Sur la place du village les gens se regardent, gênés. Cela fait longtemps qu'on voudrait utiliser les terres du Mollard. Cela fait longtemps qu'on pense que le marquis de Coudrée a trop de terres à lui et qu'il pourrait laisser les gens d'Albiez les utiliser. Et cela fait très, très longtemps que les gens en ont assez de compter chaque hiver les sacs de lentilles, de blé, d'avoine avec la peur de ne pas avoir assez à manger pour eux et pour leurs bêtes. Mais cela, il ne faut pas le dire trop fort. Le marquis a ses terres. Trop. Mais c'est comme ça. M. Baffert a ses terres. Il est riche. Mais c'est comme ça. Et les gens d'Albiez ont eu, il y a cinquante ans, le droit d'avoir quelques terres. Et ça devrait leur suffire comme ça.

Alors, sur la place du village, les gens se regardent, gênés :

« Claude Verduraz a du courage, pensent-ils, mais il est trop jeune et il devra apprendre que les choses ne peuvent pas changer. »

— Alors personne n'ose lever la main ? dit Claude. Papa ? Tu n'es pas d'accord avec moi ? Si on y allait carrément sans lui demander son avis, au marquis ? Tu ne veux pas me soutenir, hein ?

Personne ne bouge. Personne ne lève la main.

— Un jour, les choses vont changer, crie Claude à Louis Frasse. Tu peux aller dire au marquis que les Verduraz, et les Quézel-Ambrunaz, et les Pernassin, et les Portaz-Cochet ne vont pas passer toute leur vie comme une bande de moutons qu'on mène à coups de trique sur les versants de l'alpe.

Un jour viendra où le travail de la terre nous rapportera à nous.

Claude s'écarte du groupe, entortille son écharpe autour de son cou et d'un pas rageur s'éloigne de la place. Il ne se dirige pas vers sa maison, mais prend le chemin qui mène à Saint-Jean-de-Maurienne. Benoît le suit. « Mais qu'est-ce qu'il a donc, Claude ? Qu'est-ce qu'on lui a donc fait ? »

— Claude, il faut que je te parle, dit Benoît.

— Oui ?

— Tu n'as pas peur de Papa ?

— Papa, il est d'accord avec moi. Mais il n'ose rien dire. Voilà.

— Il est d'accord sur quoi ?

— Il est d'accord pour penser qu'Albiez doit appartenir aux gens d'Albiez. Tout. Les bois. L'alpe. Les champs. Mais il ne sait pas ce qu'il faut faire, Papa.

— Et toi, tu sais ce qu'il faut faire ?

Claude ne répond rien. Il prend une poignée de cailloux qu'il jette loin sur le chemin. Arrache une touffe d'herbe. La lance par terre et l'écrase avec violence du bout de son sabot.

— Tu voudrais casser un bâton ? demande Benoît.

— Pas un bâton ! Cent bâtons !

Puis il s'assoit, met sa tête dans ses mains et reste un long moment en silence. Enfin il dit :

— Dans quinze jours, on part en France. Il faut que j'aille voir ce qui se passe là-bas.

*

Un homme grand et maigre, avec des cheveux blond roux et rêches, portant sur son dos un énorme baluchon, traverse le village à longs pas. De ses yeux bleus perçants, il regarde les enfants devant les maisons. Et les petits enfants le regardent sans sourire. Ils le connaissent. C'est lui qui vient chaque automne former la troupe de Savoyards qu'il emmène en France pour le ramonage. Il vient de Saint-Colomban-les-Villards. Dans la vallée de la Maurienne, il sait qu'il y a beaucoup, beaucoup d'enfants. L'été, ils aident aux travaux de la ferme ou vont garder les troupeaux sur l'alpe. Mais l'hiver, lorsque les villages sont paralysés par la neige, il n'y a guère de travail, et trop d'enfants à nourrir.

Ambroise Tronel, le maître ramoneur, connaît bien les soucis des parents : trop de bouches et pas assez d'argent. Pas assez d'argent et trop d'impôts. Trop d'impôts et rien à vendre.

Ambroise Tronel salue le grand-père. Puis il frappe à la porte du chalet des Verduraz. Mme Verduraz réajuste son bonnet, secoue son tablier noir plein de farine et ouvre.

— Alors, j'ai du nouveau chez vous ? demande Ambroise Tronel.

— Si vous reveniez ce soir quand mon mari sera là, on pourra causer plus tranquillement.

— Cet hiver, je nomme Claude contremaître. Il aura son équipe à lui. Et Benoît ? Il est pour moi ?

Mme Verduraz ne répond rien. Elle met sur le feu un chaudron qu'elle remplit de lait. Avec une louche, elle verse du lait dans un bol qu'elle dépose sur la table près d'Ambroise Tronel.

— Ça va aller, cet hiver ? Vous arrivez à nourrir tout le monde ?

— On a des pommes de terre. Elles ont bien donné. Si on laisse partir Benoît, vous le mettrez dans l'équipe de Claude ? Je ne veux pas qu'il soit tout seul et que vous le maltraitiez. C'est dur pour les petits. Le grand voyage. Paris. Le travail.

— Benoît ne sera pas le premier à partir...

— L'année dernière, Jacques Portaz-Cochet n'est pas revenu. Ça leur mange les poumons, les cheminées de Paris.

— Ce n'est pas moi qui prends les gosses, proteste Ambroise Tronel. On me les donne trop jeunes. Les Portaz-Cochet, non seulement ils m'ont confié Jacques qui n'avait que six ans, mais ils m'ont donné leur fille qu'ils avaient déguisée en garçon. Elle a bien travaillé, cette petite. Elle est revenue avec trois livres cinquante sous.

— Et Jacques est mort ! dit Mme Verduraz avec colère.

— Ce n'est pas ma faute à moi, je vous dis.

De nouveau, Mme Verduraz se tait. Elle pense à Benoît. Loin. Loin, et c'est tout. Elle n'a jamais quitté la Savoie. Le plus loin qu'elle soit allée c'est à Saint-Jean-de-Maurienne pour la foire, et à Saint-Martin-de-Belleville pour le pèlerinage à Notre-Dame-de-la-Vie. Et elle ne peut pas penser à Paris, même si entre femmes on en parle beaucoup au village. Des centaines et des centaines de maisons serrées les unes contre les autres. Une foule de gens dans la rue. Des mendiants qui meurent sans personne. Des voitures à quatre chevaux pour tirer des marquises entortillées de rubans et de fleurs comme des petits Jésus dans les églises le jour de Noël. Des marchandes qui vendent des feuilles de tisane pour trois sous. Et des magasins où on achète des tissus légers comme le souffle d'un agneau que l'on paie avec de la monnaie d'or. Mme Verduraz ne peut pas vraiment comprendre cela. Les images se heurtent dans sa tête. Et au milieu des visions chaotiques, elle pense à Benoît : un petit bout de bonhomme tout noir qui grimpe dans des cheminées trop hautes.

Ambroise Tronel boit son bol de lait bouilli, puis d'un revers de main essuie ses lèvres :

— Claude, c'est un débrouillard, dit-il. Je suis content de l'avoir avec moi pour Paris.

— Claude, il va finir chez les gendarmes. Avec ses idées !

— Ses idées, il n'y a pas que lui qui les a. En France, ça change. Cet été, ils ont fait bouger leur roi. Les gens du tiers[1] prennent la direction du pays.

— Et c'est quoi le tiers ?

— Le tiers, c'est les gens. Des gens comme vous, comme moi, comme Claude.

— Et quand ils dirigeront le pays, ça leur rapportera quoi ? Ils n'auront pas plus de blé dans leur grange et de pain sur leur table. Alors, vous en emmenez combien de gosses cette année ?

— J'en prends dix à Albiez, onze avec Benoît. Huit à Modane. Quinze à Saint-Michel. Trois de Thyl et vingt de Saint-Jean.

Mme Verduraz se verse un bol de lait qu'elle boit à petites lampées. Puis elle se remet à pétrir la pâte. À larges poignées, elle la ramasse en une boule et l'étire avec la paume de la main.

— Alors, je reviens ce soir, dit Ambroise Tronel.

— Et vous couchez où ce soir ?

— Si ça ne vous fait rien, je dormirai dans la grange à foin là-haut.

1. Avant la Révolution, la société française était divisée en trois ordres : le clergé, la noblesse et le tiers état.

— Allez donc demander à la famille de Jacques de vous recevoir. Vous vous êtes si bien occupé de leur fils l'hiver dernier...

— Je vous répète, ce n'est pas de ma faute si Jacques est mort. Et si vous ne voulez pas me donner Benoît, je ne le prendrai pas de force. Faut pas m'en vouloir à moi. Je fais mon boulot avec les petits. Les accidents, ça arrive.

Sans plus rien ajouter, Ambroise Tronel sort et va visiter les autres familles qui lui donneront des enfants.

Dans la salle, Mme Verduraz continue à pétrir la pâte à pain. La petite sœur lui tire sa jupe :

— Papamapémado.

— Do ? Tu veux une goutte d'eau ?

— Dopapama...

— Tu veux faire dodo ?

— Do... boi... benoi... moimoidoido.

— Benoît va partir cet hiver. Il sera loin avec Claude. Et nous, nous serons toutes les deux avec le grand-père et Papa.

— Papapapapa...

— Et Benoît, il va être tout seul à Paris. Paris, c'est très loin et ce n'est pas du tout comme Albiez. Les gens ne parlent pas comme nous en France. Benoît ne comprendra rien. Et s'il tombe malade, personne ne saura s'occuper de lui. Ambroise Tronel, il s'en moque, des enfants, pourvu qu'ils travaillent et qu'ils rapportent de l'argent. Et Benoît aura froid. Et il n'aura pas de vaches pour lui tenir compagnie.

— Va... va... va...

— Oui, les vaches, elles nous tiennent chaud l'hiver. Benoît va travailler et il nous rapportera quelques sous. Ça nous permettra d'acheter du blé et de payer les impôts. Benoît va être tout seul, tu m'entends, dis ? Il est bien monté à l'alpe cet été. Mais là-haut, ce n'est pas pareil, on n'est pas tellement loin d'Albiez.

— Dodoboibenoimoibenoimoi...

— Allez, viens, nous allons préparer le repas.

*

Ce soir, la famille Verduraz dîne tard. M. Verduraz a invité Ambroise Tronel pour le repas. La pièce est éclairée avec une lampe à huile qui fume et fait trembler des ombres sur les murs.

Benoît est assis à côté de Claude. Il ne sourit pas et ne regarde personne.

Mme Verduraz pose sur la table une soupe de gruau d'avoine sur laquelle flotte un morceau de beurre. Elle ne dit rien. Ni le grand-père. Ni Claude.

— Sers Ambroise, dit M. Verduraz à sa femme. Il a du chemin à faire.

— Les petits aussi, dit Mme Verduraz avec mauvaise humeur.

— Benoît va vous ramener des sous, dit Ambroise Tronel. Il va grimper dans les cheminées comme une marmotte de l'alpe. Il m'en fera trente par jour au moins.

Mme Verduraz regarde Benoît du coin de l'œil : sa bouche rosée fait une triste moue. Lui qui regarde les gens bien droit en face baisse la tête et lorgne sournoisement Ambroise Tronel. Et sur la table, la main noueuse et ridée du grand-père tremble.

Claude : Donnez-nous donc des nouvelles de France.

Ambroise Tronel : Ça bouge de partout dans Paris. Cet été, les gens ont attaqué et pris la Bastille. On raconte des tas d'histoires. Allez donc savoir ce qui est vrai. Les uns disent qu'il y avait des centaines de prisonniers dans cette prison. D'autres qu'il n'y avait presque personne. On hurlait dans les rues : « Aux armes ! » Mais les gens ne savaient pas où il fallait les prendre. Certains portaient des piques de bois. D'autres avaient attrapé des fusils. On sait et on ne sait pas ce que cela veut dire, tout ça.

Mme Verduraz : Vous êtes sûr que c'est prudent d'emmener les petits ? Ça doit être une belle pagaille, là-bas.

Claude : On part. Moi, je veux voir ce qui se passe à Paris.

M. Verduraz : Fais attention de ne pas te retrouver à la Bastille, avec tes idées.

Claude : Elle est aux gens, la Bastille, maintenant, aux gens de France. Elle n'est plus au roi. Et ce sont les gens qui font la justice maintenant.

M. Verduraz : Tu t'échauffes la tête, Claude. Ça ne te mènera à rien.

Mme Verduraz : Ambroise m'a dit que tu auras la garde de Benoît. Tu ne le laisseras pas tout seul dans cette ville, n'est-ce pas ?

Benoît écoute. On parle de tas de choses qu'il ne comprend pas. Qu'est-ce que c'est, cette Bastille ? Claude a l'air content qu'elle ait été prise. Mais Benoît se sent tout seul, même ici. Il se lève et va vers les vaches. Il s'assoit dans la paille à côté d'elles et met sa tête dans ses mains pour cacher des larmes.

M. Verduraz : Reste ici, Benoît. On ne t'a pas donné la permission de partir.

Grand-Père : Laissez-le donc. Il a bien le droit d'être tranquille un peu.

M. Verduraz : Ah ! Ça va lui faire du bien de ne pas être protégé par tout le monde. Boudou de boudou, ce gamin ne grandira donc jamais ?

Dès que le repas est fini, Ambroise Tronel charge sur ses épaules son lourd ballot entouré de serpillières et lentement monte l'échelle jusqu'au grenier à foin. Il est satisfait. Il vient de récupérer un enfant de plus. Benoît a des joues roses et rondes, des jambes droites, des muscles fermes dans les bras. Il a l'air intelligent et en bonne santé.

CHAPITRE 3

Benoît ne dort pas bien cette nuit-là. Des images étranges se mêlent dans sa tête : Ambroise Tronel lui apparaît en compagnie des fées de la grotte de Montroud, dansant dans de longs tunnels noirs. Elles tirent Benoît par la main et essaient de l'enrouler dans des voiles. Il s'accroche à la main de son grand-père. Mais Grand-Père est tout pâle. Sa figure semble morte. Seule sa moustache tremble un peu et, sur ses lèvres, Benoît lit les sons qu'il tente d'articuler : « Pas peur... Pas peur... Bientôt... Je vais... » Benoît se tourne et se retourne sur son lit pour essayer de chasser son cauchemar.

Au petit matin, Mme Verduraz prépare un gros déjeuner de pain et de tomme. Puis elle fait cuire des œufs et bouillir du lait. Mais Benoît n'a pas faim. Grand-Père non plus : il regarde son petit-fils, essuie ses yeux et tient ses mains jointes serrées sur ses genoux.

Benoît s'habille vite. Il met sa veste de peau de mouton. Et les sabots neufs n'arrivent pas à le rendre heureux. Claude a déjà roulé deux couvertures qu'il attache sur son dos avec des ficelles. Ambroise Tronel a vérifié son ballot.

Grand-Père prend un peu d'eau dans le bénitier en porcelaine, fait une croix sur le front de Benoît et passe sa main dans ses boucles.

Dans la rue, les femmes se sont rassemblées près des enfants. Ambroise Tronel les compte, les examine pour s'assurer qu'ils sont en bonne santé.

Le ciel est clair. La Croix-du-Chatel, rose sous les premières lueurs du soleil. Et la fraîcheur de l'automne réveille Benoît complètement. La troupe démarre précédée par Ambroise Tronel.

Benoît quitte son village sans se retourner : sa mère a relevé son tablier noir pour se voiler le visage.

Bientôt, Albiez-le-Vieux disparaît. Le groupe marche le long du torrent de l'Arvan jusqu'à Saint-Jean-de-Maurienne. Puis Ambroise Tronel récupère un autre groupe d'enfants dans la vallée de l'Arc.

Les sabots de bois tapent en cadence sur les cailloux. Ceux qui ont déjà fait le voyage bavardent entre eux, mais les nouveaux baissent la tête, serrent les mains dans leurs poches et ne pensent qu'à une chose : « Les parents ont pris la décision de nous faire partir. Il n'y a plus le choix. Il faut avancer. »

*

Et ils marchent jusqu'au soir.

Ambroise Tronel connaît une ferme à Miolans pour faire étape. Dans la cour, les enfants s'assoient par terre, épuisés.

Un grand homme à la carrure large, aux bras forts, apparaît.

— Vous avez du travail pour les petits ? lui demande Ambroise Tronel.

Le fermier inspecte les enfants : il tâte un bras, tape sur un dos, donne un coup de poing sur une cuisse.

— Ne vous inquiétez pas, dit Ambroise Tronel. Ils sont encore bons pour deux heures de travail. On vient de la Maurienne. Ils commencent juste le voyage.

— Je vais vous mettre un peu de clarté, dit le fermier. Formez deux équipes. L'une coupera du bois. L'autre râpera des betteraves. Lorsqu'ils auront fini, ma femme leur apportera à manger.

— Claude, dit Ambroise Tronel, prends ceux qui sont les plus fatigués et va faire les betteraves. Je m'occupe du bois. Les crève pas le premier jour.

Benoît travaille avec Gérard Quézel-Ambrunaz. Il coupe les betteraves en lamelles, tenant son couteau des deux mains pour avoir plus de force.

— Me coupe pas un doigt sinon je te taille les oreilles en pointe, dit Gérard.

— Je sais tenir un couteau. C'est pas plus difficile que de sculpter du pin. Tu as sommeil ?

— J'ai surtout faim. Je mangerais bien un tas de beignets gros comme ce tas de betteraves, ou des poires cuites dans du vin rouge.

— C'est pas le moment de rêver de beignets. Si on a du pain dur comme du sabot de mulet, ça sera bien tout.

Le crissement de la scie sur les rondins est rythmé par les coups de hache sur les bûches, et les claquements des couteaux sur les betteraves.

Pour se donner du courage et oublier son sommeil et sa faim, Benoît fredonne une ritournelle que sa mère lui a apprise :

Mâre, mâre et mâre
Si tou n'nou fâ pas de baignettes
De betéra le foa à la mazon
À la mazon.

— Des beignets, ce n'est pas ce que la patronne de la ferme est en train de te préparer, dit Gérard.

Une fois le travail fini, Ambroise Tronel fait mettre les enfants sur deux rangées. Une grosse dame rougeaude distribue des morceaux de pain noir et dur.

Sans un sourire, elle verse du lait dans un bol. À la hâte, chacun avale et passe le bol au suivant. Le pain devient une pâte fade qui colle à la langue.

Dans l'étable, le fermier a répandu une botte de paille fraîche. Près de la porte, tous les paquets sont entassés. Chacun foule du pied un creux de paille dans lequel il se couche en boule. Il fait chaud et la présence des vaches et des chèvres avec leur haleine tiède est réconfortante.

*

Dans la cour, le coq chante. Ambroise Tronel réveille tout le monde. Benoît tend l'oreille. « Est-ce que Papa est... ? Est-ce que Grand-Père est réveillé ? Est-ce que Maman... ? Ah ! non ! ce n'est plus Albiez. » Benoît se gratte la tête pour faire tomber la paille de ses boucles, frotte son chandail, tape les jambes de son pantalon, va chercher dans la mangeoire des vaches une poignée de foin. Il retire les brins les plus gros et met dans ses sabots une nouvelle semelle plus douce.

La fermière a ce matin un brave sourire. Est-elle satisfaite du travail des enfants ? Est-elle attendrie par eux ? A-t-elle bien dormi ? En tout cas, elle est de bonne humeur et a préparé une soupe d'avoine. Benoît la lape avec délices, essuie le tour de son bol avec son doigt et le lèche.

— Ça va ? demande Claude.

Benoît est surpris. Claude, normalement, ne s'inquiète pas de lui.

— Pourquoi ça n'irait pas ? répond Benoît.

Ambroise Tronel compte sa troupe qui se remet en marche. Après la traversée de Chambéry, ils vont passer la frontière. À Pont-de-Beauvoisin, il y a sur la route un barrage de bois gardé par un groupe de soldats avec des cocardes bleu, blanc, rouge accrochées à leur chapeau.

Un des soldats interpelle Ambroise Tronel en français :

— Vous venez d'où ?

— De la vallée de la Maurienne et des Villards. Et vous allez où ?

— À Paris, pour le ramonage.

— Vous avez des papiers pour tout le monde ?

— Pour tout le monde.

— Et ce grand-là, dit-il en montrant Claude.

— C'est mon contremaître, Claude Verduraz, un gars d'Albiez, fort comme un taureau. Ne lui cherchez pas d'histoire.

Benoît écoute. Il n'a entendu parler français qu'une ou deux fois. Et cette langue lui paraît aussi incompréhensible que le latin de M. le curé Émieux. La seule différence, c'est que le latin, il l'a entendu tant et tant de fois que les sons lui semblent familiers. Il en connaît par cœur des phrases entières, même s'il ne sait pas ce qu'elles veulent dire.

Claude parle un peu le français. Il dit au soldat, avec son accent savoyard :

— Alors, vous l'avez prise, votre Bastille ?

Le soldat regarde ce montagnard, presque de son âge, à la carrure impressionnante. Et soudain il se sent une sympathie énorme pour lui. Il lui tend la main :

— Moi, je m'appelle Jacques Brissot. Oui, on l'a prise la Bastille. À cinq heures et demie. Et c'est moi qui l'ai percé de ma baïonnette, le sacré règlement de la Bastille. Et tous les petits nobles de Versailles, moi, je m'en occuperai un jour avec ma baïonnette.

Claude regarde le soldat droit dans les yeux, lui met la main sur l'épaule et, avec un roulement de voix plein de joie :

— Si tu as besoin d'aide, tu la trouveras. Nous aussi, on a des nobles en Savoie.

Puis il se tourne vers Benoît et lui dit en patois :

— Hein, on a aussi nos marquis chez nous !

— Alors vous partez travailler à Paris ? demande Jacques.

— On va tâcher de gagner quelques sous. On a plus d'impôts qu'on peut en payer. Toujours la même histoire.

— Ça ne va pas toujours être la même histoire ! Ça peut changer. Tu vas voir à Paris !

Ambroise Tronel est satisfait : le passage de la frontière paraît facile aujourd'hui. Mais il reste prudent. Il a l'habitude d'aller d'une ville à l'autre, d'un pays à l'autre. Pour survivre et rester libre, il lui paraît sage de ne louer et ne blâmer personne. Il faut qu'il vende ce qu'il a dans son ballot et qu'il trouve du travail. Il se contente donc de dire :

— On a encore du chemin à faire...

Le soldat ouvre la barrière, jette sa cocarde tricolore qu'il rattrape et agite en l'air :

— Vive la France des citoyens !

Benoît répète en riant sa première phrase en français :

— Vive la France des citoyens !

Jacques lui donne une tape dans le dos :

— Ça t'amuse, toi ? Quand tu grandiras, tu comprendras ce que ça veut dire.

Benoît le regarde, regarde la baïonnette, donne une chiquenaude dans la cocarde et d'un pas décidé franchit la frontière.

*

Au village des Abrets, Ambroise Tronel demande de passer la nuit chez un maréchal-ferrant. Sa maison est à côté de la forge. Comme il est tard, il n'est plus au travail. Mais dans la forge, le foyer est entretenu.

Benoît jette un coup d'œil sur tous les instruments : les pinces, les marteaux rangés contre le mur.

Le maréchal-ferrant est un drôle de bonhomme : il a un torse très large et très long sur des jambes courtes. Une énorme barbe noire lui couvre les trois quarts de la figure, et sa voix est profonde comme un puits.

— Est-ce que vous avez du travail pour les petits ? demande Ambroise Tronel.

— Ils peuvent aller chercher le bois du hangar et l'empiler près de la forge. Il y a aussi la cendre à mettre en sac. On me l'achète pour l'engrais à la Tour-du-Pin.

— Si les gosses travaillent bien et que je vous paie vingt sous, est-ce que vous vous occuperez de mes deux dents ? Avant l'hiver, j'aimerais autant les faire arracher.

Le maréchal-ferrant regarde dans la bouche d'Ambroise Tronel et éclate de rire :

— Mais il ne reste presque plus rien là-dedans, deux petits bouts dans chaque trou ! Si vous voulez, je vous fais ça tout de suite.

Dans le village, le maréchal-ferrant est aussi guérisseur, médecin, vétérinaire et dentiste. Il place la tête d'Ambroise Tronel sur l'enclume. Benoît ne résiste pas au désir de voir le maître ramoneur ouvrir de grands yeux apeurés, pendant que le maréchal-ferrant introduit une énorme pince dans sa bouche en murmurant :

Aï n'a faï un dint
Ke fache me mal, ke fache me mal
Brigadoutitan, brigadidint
Par le cournère du diable
Je te tserie ta dint.

Le maréchal tire. Il tire.

— Et d'une !

Ambroise Tronel se relève, tout pâle. Il met ses mains contre ses joues. De ses lèvres, un filet de sang coule.

Benoît n'a plus envie de regarder. Et il n'est pas rassuré de voir le maréchal-ferrant pousser de nouveau Ambroise Tronel vers l'enclume. Ambroise résiste, se lève, fouille dans sa poche, sort vingt sous et dit :

— L'autre dent est guérie. Merci pour la peine.

— Allons, dix sous feront l'affaire. Je n'ai enlevé qu'une dent. Et votre troupe ? Il y en a qui sont malades ? Toi, dit-il à Benoît qui se cache derrière la porte, tu as l'air de te porter comme un jeune poulain au printemps. Tes joues ressemblent à des pommes. Tu n'as sûrement pas besoin de moi.

Puis il fait rouler ses yeux de bas en haut, à droite et à gauche, attrape sa barbe, l'installe derrière son oreille et, tout en faisant une grimace épouvantable, chuchote :

— Le diable de la forge soufflera trois fois dans le nez des petits enfants.

Benoît se cache derrière Gérard et attrape la main de Claude :

— Ne crains rien, lui dit Claude. Il n'est pas méchant. Il s'amuse à te faire peur.

— Ce n'est pas drôle, murmure Benoît.

— Mettez-les au travail, dit le maréchal-ferrant. Ma femme va leur préparer quelque chose.

La femme du maréchal-ferrant est jolie, avec des boucles blondes remontées en chignon et une blouse aussi blanche que le sommet de la Croix-du-Chatel en hiver. Elle donne le repas avant le travail : une bonne soupe au lard. Et chacun a droit à une cuillerée de miel à lécher.

Puis les enfants portent le bois, remplissent les sacs. Ce n'est pas un travail trop difficile. Et ça va vite.

— Tu as vu où on dort ? dit Gérard. Sur la terre battue du hangar. Ça ne va pas être aussi chaud que la paille d'hier. Et on n'aura pas de foin pour bourrer les sabots.

— Mais on a eu du lard et du miel ! répond Benoît. Et tu as vu la tête d'Ambroise Tronel quand on lui a arraché sa dent ?

— Tu as eu peur aussi, je t'ai bien vu.

— Je vais faire une prière à saint Guérin pour qu'il me garde mes dents. Je n'ai pas envie d'avoir à mettre la tête sur l'enclume d'un maréchal-ferrant. Mais Ambroise Tronel, ça lui fait du bien d'avoir peur, lui. Je ne l'aime pas. Il a l'air méchant.

— Il fait son boulot. Ambroise Tronel, ce n'est pas ton grand-père !

— Tu crois qu'il va nous battre quand on sera à Paris ?

— Ça ne sert à rien de se faire du souci maintenant.

Le hangar où les enfants dorment est ouvert. Le vent y passe en chuintant. Au milieu de la nuit, quelques lourdes gouttes de pluie frappent sur les tuiles. Un petit ruisseau se forme juste au centre du hangar. Benoît se réveille. Il se lève pour se mettre à l'abri contre le mur.

Dans l'obscurité il bute sur un corps. C'est François Pernassin, un grand garçon fort, plus âgé que Benoît. Aussitôt il se redresse, furieux :

— Empoté ! Pataud ! Brelo ! Tu veux que je te mette sous la pluie ? Tu serais bien dehors.

— Je n'ai pas fait exprès, c'est tout mouillé. Je me mettais à l'abri.

François empoigne Benoît par les épaules et le pousse brutalement hors du hangar. Benoît trébuche dans la boue et se retrouve par terre, sa couverture trempée.

— Je te dis que je ne l'ai pas fait exprès ! François éclate de rire :

— Moi non plus ! Je t'ai poussé dehors sans le faire exprès !

Benoît se relève et va s'asseoir contre le mur opposé, loin de François. Il est furieux, mais prudent. Ce n'est pas la peine de se battre dans la nuit. Benoît serre les poings et les dents et pense : « À la prochaine occasion, je t'aurai, vieux bouc ! »

Le vent glace les vêtements mouillés de Benoît. « Je ne veux pas être malade. Grand-père, dis, je ne vais pas être malade ? Boudou ! Malade ici, j'en crèverai ! »

Benoît n'a pas pu dormir. Et lorsque Ambroise Tronel réveille la bande d'enfants, Benoît se traîne vers Claude :

— J'ai froid ! Je tremble de partout. François Pernassin m'a poussé dans l'eau cette nuit.

— Tu n'avais qu'à dormir au lieu d'aller te battre. Allez, viens que je te réchauffe.

Claude lui frictionne vigoureusement les joues, lui tape dans le dos, lui secoue les épaules, lui souffle dans les doigts et l'enroule dans une couverture sèche.

— Ça va mieux ?

— Ben oui, ça va déjà mieux.

— Ne t'inquiète pas, tu ne seras jamais malade.

— Je vais aller lui casser la gueule, à François Pernassin !

— Fais plutôt attention que ça ne soit pas lui qui te la casse.

*

À Bourgoin, la troupe des Savoyards de Maurienne se joint à un groupe du Grésivaudan.

Ambroise Tronel achète à un colporteur un lot de lunettes et de miroirs. Dans le baluchon, les lunettes et les miroirs vont rejoindre les peaux de lapins. Cet hiver, Ambroise va faire de bonnes affaires.

Lyon.

Pour la première fois, Benoît découvre la grande ville. Des gens partout. Des tas de maisons. Des embouteillages dans les rues. Les enfants restent en groupe serré pour ne pas se perdre. Ambroise Tronel les emmène dans le quartier de la Guillotière sur la rive gauche du Rhône.

Ils doivent se débrouiller pour trouver leur repas du soir en mendiant. Dans une grande ville, ce n'est pas possible de trouver du travail pour une soirée seulement. Claude sait comment mendier, mais cela le dégoûte. À Albiez, il n'a pas honte. Il travaille dur ; ses repas, il ne les vole pas. Mais ici, il n'a pas le choix : il a le ventre creux, Benoît, et les autres aussi.

Claude rassemble un petit groupe. Ils traversent le Rhône et vont dans le quartier de la Presqu'île. Claude s'assoit devant l'église d'Ainay. Les enfants se mettent autour de lui et tendent la main.

Mais ils ne sont pas seuls. Il y a à côté d'eux d'autres mendiants.

— Enroule-toi dans ta couverture, Benoît, dit Claude. Ferme les yeux et pleurniche comme si tu étais malade.

— Mais je ne suis pas malade ! Tu me l'as dit hier que je ne serai jamais malade.

— Tu as faim ?

— Bien sûr que j'ai faim ! Je rêve de chèvre salée, de tommes, de caillé et de noix.

— Si tu veux des sous, il faut que tu m'aides à les gagner. Tes joues en pommes n'attendriront personne.

Benoît regarde les autres mendiants : une femme toute maigre avec quatre enfants roulés par terre à ses pieds ; un homme, les yeux fermés, les jambes sous un tissu comme si elles étaient coupées ; un autre, la tête entortillée d'un torchon rouge. Tous geignent.

Benoît est écœuré. Il se blottit contre Claude, plein de honte. Cela ne lui semble pas si difficile de pleurer.

Deux chanoines passent. Claude tend la main. Une piécette tombe. L'homme aux jambes coupées se lève en hâte et se précipite. Il ramasse la pièce.

Trois officiers, l'épée au côté, traversent la rue. Claude tire Benoît par les épaules et s'approche :

— Pour mon frère, s'il vous plaît.

L'un des officiers sort un gousset de sa poche et, sans regarder Claude, laisse tomber trois petites pièces.

— Vive la France des citoyens, murmure Claude.

L'officier, toujours sans se retourner, s'adresse à son compagnon :

— Les citoyens sèment la pagaille, le roi saura s'en débarrasser, des citoyens !...

Claude ramasse les pièces et ramène Benoît vers le porche de l'église :

— Sacrée misère de boudou ! En vendant seulement un bouton de leur veste, on aurait de quoi se payer à manger pendant huit jours !

Lorsqu'il fait nuit, Claude compte l'argent du groupe. Ils ont neuf sous. Il emmène les enfants près d'une auberge. Il frappe au carreau. L'aubergiste sort en ronchonnant :

— Vous avez de la soupe ? demande Claude.

— Tu ne peux pas travailler, comme tout le monde ? répond l'aubergiste avec brusquerie. Tu crois qu'avec ce qui se passe à Paris, on a de quoi manger à Lyon ?

— J'ai des sous.

— Fais-les voir !

Claude ouvre la main. L'aubergiste compte lentement les piécettes. Il les jette dans la poche de son tablier. Entre dans son auberge et en ressort avec un chaudron d'eau grasse où flottent quelques bouts de pain.

Avec une louche, Claude boit une grande gorgée. Puis il passe la louche aux enfants. Benoît renifle, ferme les yeux pour ne pas voir ce qu'il avale. Et avale.

— C'est tout pour ce soir, dit Claude. On retraverse le Rhône.

Les rues sont complètement sombres. Ici et là une lampe à huile fait trembloter une lumière pâle. Benoît a ses sabots trempés et collants. « C'est ça, la ville, pense-t-il. On ne peut même pas se trouver une poignée de foin pour avoir les pieds au sec. »

Dans le quartier de la Guillotière, Claude trouve la cave où ils vont tous dormir. Claude y est déjà venu. C'est là qu'Ambroise Tronel fait toujours étape. Benoît reste près de Claude. Il est envahi d'une peur vague qu'il ne peut pas nommer. Il a beaucoup plus peur que lorsque son grand-père lui racontait des histoires de fées. Beaucoup plus peur que lorsqu'il avait perdu ses vaches dans l'orage. Ici, en ville, même les maisons trop hautes semblent menaçantes.

« Florine… », murmure Benoît en descendant des escaliers aux pierres inégales. Une odeur de moisi s'échappe de la cave. Et des rats passent le long des murs. Les enfants s'assoient en rang les uns à côté des autres, le ventre creux, les pieds glacés. Ils somnolent, la tête de l'un bloquée dans l'épaule de l'autre.

*

Benoît est heureux de quitter Lyon. Marcher. Marcher cinquante kilomètres par jour. Au moins sur la route, il y a des arbres, des champs, des choses qu'il connaît, même s'il n'y a plus de montagnes et plus de tarines.

À grands pas, les enfants suivent Ambroise Tronel qui traverse le pont sur le Rhône et prend la direction du nord. Ils longent des rues étroites. Elles ont l'air de couloirs sombres avec des bandes de ciel au-dessus.

*

Lorsqu'ils arrivent dans le Beaujolais, c'est la saison des vendanges. Ce n'est pas difficile pour la troupe de trouver du travail en échange d'un repas du soir et d'un abri pour dormir.

Un vigneron propose à Ambroise Tronel de garder les enfants deux journées. Le travail sera dur ; mais ils seront bien nourris et bien payés.

Cela, Ambroise Tronel ne le dit à personne. L'argent, il le gardera pour lui.

Claude se doute de quelque chose. Il va demander quels sont les accords pour le travail.

— Dormir et la soupe, dit Ambroise Tronel. Il y a un groupe de Bourg-Saint-Maurice qui voulait aussi rester ici. C'est nous qui avons pris la place avant eux.

Claude regarde Ambroise droit dans les yeux.

— Si tu n'es pas content des arrangements, dit Ambroise, tu n'as qu'à rentrer à Albiez. Ou débrouille-toi tout seul pour aller à Paris. Sans moi, je ne te donne pas cinq jours pour crever. C'est moi qui les connais, les adresses. C'est moi qui sais où vous faire dormir. Là-bas, on ne te connaît pas. Tu auras ton groupe. Mais c'est moi le patron. File !

Et une fois de plus ; comme devant son père, comme devant le marquis, comme devant Louis Frasse, Claude serre les dents et les poings : « Boudou de boudou, quand donc aurai-je le droit de gagner ma vie à moi sans être volé par quelqu'un ? »

Pendant deux jours, Benoît et les autres coupent des raisins. Benoît remplit son seau, court dans les rangées de vigne avec ses sabots lourds de terre glaise. Il tend le seau à un homme qui le vide dans

une hotte. Puis il repart au pas de course. François Pernassin est près de lui et le regarde d'un air narquois. Benoît pense à sa revanche.

« Si je faisais tomber François avec un croc-en-jambe ? Par terre devant tout le monde, on aura de quoi rire. Ou ce soir, si je le poussais du coude lorsqu'il boira la soupe ? Ou si je lui renversais son seau de raisins avant qu'il le vide dans la hotte ? Que dirait Grand-Père ? Il me dirait : « Les méchants ont l'âme noire comme les grottes des fées. Ne t'approche pas d'eux. Ils sont dangereux, car ils ont le pouvoir de souffler leur méchanceté dans tes oreilles sans que tu t'en rendes compte. » Et Benoît murmure à haute voix :

— Grand-Père a bigrement raison.

Le soir, les enfants ont fait un bon repas. Une soupe d'avoine et de carottes. Du pain blanc de froment et de pomme de terre, presque aussi bon que des beignets. Du fromage de chèvre. Et une grande poignée de raisin. Benoît est content : il n'a plus faim ; il ne s'est pas vengé de François ; il a travaillé sans avoir mal au dos ; il a trouvé de la paille pour bourrer ses sabots ; sa couverture est sèche ; l'étable a une porte qui ferme bien. Et la présence des chèvres lui rappelle sa maison.

— Dis, Claude, est-ce que Paris ça va être comme Lyon ? demande Benoît.

— Il y a beaucoup plus de monde dans les rues et beaucoup plus d'embouteillages.

— Est-ce qu'on va dormir dans une cave ?

— Non, là où on dort, c'est une maison. On y grimpe par un escalier.

— Tu veux dire par une échelle ?

— Non, un escalier, à l'intérieur de la maison. Tu verras.

— Est-ce que tu crois qu'il y a déjà de la neige à Albiez ?

— Ça ne fait pas si longtemps qu'on est parti.

— J'ai l'impression d'avoir marché des mois. Dis, tu veux me dire une prière avant que je m'endorme. Aujourd'hui, c'était une bonne journée. J'ai envie d'entendre une prière.

— Tu n'as qu'à la faire tout seul, ta prière. Moi je n'ai envie de faire de prières à personne et pour personne.

— Je me débrouillerai sans toi.

Benoît se met à genoux et murmure quelques mots pour saint Joseph et pour saint Guérin, pour Notre-Dame de la Vie et pour saint Roch, et pour le saint Jean-Baptiste de son grand-père, là-bas, bien loin, dans l'église d'Albiez. Puis il met ses sabots contre sa joue. Il faut faire attention que personne ne vienne les lui chiper. Il se roule dans sa couverture, puis libère une de ses mains pour faire un signe de croix.

*

La longue marche continue par la Bourgogne, le Morvan où ils font étape à Saulieu.

Dans les environs d'Auxerre, les fermes où Ambroise Tronel s'arrêtait les autres années ne veulent pas le recevoir : depuis le début de la Révolution, les gens ont peur les uns des autres.

— Vous allez rejoindre les marquis et les ducs de Paris, lui dit-on. Puis vous allez revenir avec leurs armes pour nous tuer et prendre nos terres. Mais les paysans se battront. Ils ne se laisseront pas écraser d'impôts toute leur vie pour payer les armées du roi.

Benoît ne comprend pas : comment eux, des petits Savoyards, pourraient-ils prendre des armes ? Et pourquoi iraient-ils se battre contre les paysans de France ? Les fermiers les traitent de brigands. Ils se méfient d'eux. Est-ce que ça va être la même chose à Paris ?

Les paysans ferment leur porte. Il faut dormir roulé dans les fossés.

Et la route continue par étapes de quarante kilomètres.

On arrive dans la forêt de Fontainebleau. Elle est connue pour être un coupe-gorge : beaucoup de diligences sont attaquées, beaucoup de voyageurs pillés.

Le sac qu'Ambroise Tronel a sur le dos est tentant. Il répartit la charge entre les enfants. En cas d'attaque, toute la marchandise ne sera pas perdue.

De nouveau Benoît s'inquiète : on peut avoir peur des orages, du tonnerre, des loups. À Albiez, il y a des garçons qui se battent entre eux. François

Pernassin en est un. Et Benoît a peur de son père lorsqu'il enlève sa ceinture pour lui fouetter les mollets. Mais ça, ce sont des craintes connues, de gens connus. Pourquoi ici a-t-on peur des gens ?

Avec l'automne, les hêtres et les bouleaux frémissent de feuillages roux et les charmilles forment de longues coulées or. La forêt n'est pas obscure. Pourtant, Ambroise presse tout le monde. Nerveux, il mène le pas, crie après les traînards.

Des soldats de la Garde nationale, montés à cheval, les arrêtent pour leur demander où ils vont, d'où ils viennent. Deux courriers de poste tirés par six chevaux les croisent. Quelques charrettes avec des lourds chargements de bois. Un groupe de migrants de la Tarentaise et du Piémont. Et c'est tout. Pas de voleurs. Pas de brigands.

— Pourquoi les fermiers ont-ils peur de nous ? Et pourquoi vous, vous avez peur des bandits ? demande Benoît à Ambroise Tronel.

— Il ne faut faire confiance à personne. C'est la seule façon de survivre.

Alors Benoît pense : « Est-ce que ça veut dire qu'on doit se méfier de Tronel aussi ? »

CHAPITRE 4

Plus on approche de Paris, plus la route est encombrée. Des gens. Des charrettes. Des soldats de la Garde nationale qui vérifient sans arrêt les papiers.

Ambroise Tronel se fraye un chemin dans la foule avec sa troupe d'enfants. Ambroise est grand. Benoît suit du regard sa grosse chevelure rousse et se glisse entre les marchands ambulants. Il donne des coups discrets dans des bras et dans des jambes, et se faufile. Il rase les maisons pour éviter le milieu de la rue où flottent des ordures. Avec dégoût, il pense que dans toute cette pourriture, il trouvera bien quelque chose à manger.

Soudain, il entend : « Ils l'ont tué ! Ils l'ont tué ! » Benoît attrape la main de Claude. Ils fendent la foule. François Pernassin est par terre, un filet de sang lui coule du nez. Il vient d'être renversé par un fiacre. Claude crie à Ambroise Tronel de revenir sur ses pas.

Du haut du fiacre, le cocher regarde sans rien dire le garçon étendu. Dans la voiture, un homme élégant bâille en agitant sous son nez un mouchoir en dentelle. Il se penche par la portière :

— Qu'est-ce que tu attends ? dit-il au cocher.

— Qu'ils libèrent la chaussée.

Claude prend François dans ses bras.

— Trouvez-lui un médecin, c'est vous qui l'avez blessé, crie Claude.

— Dégage ! répond le cocher.

— Prends ça, dit l'homme du fiacre en jetant à Claude quelques piécettes.

— Ce n'est pas de l'argent qu'il lui faut, c'est un médecin, hurle Claude.

L'homme fait signe au cocher. Celui-ci tire sur les rênes.

Les sabots des chevaux claquent. La foule s'écarte. Le fiacre démarre.

Benoît oublie toutes ses rancunes contre François Pernassin. Qui était dans cette voiture ? Qui a refusé d'appeler un médecin ? Et qui a osé jeter de l'argent pour calmer une colère ?

C'est Ambroise Tronel qui a ramassé l'argent. À la hâte, il le glisse dans sa poche. Puis il donne son ballot à Claude et installe François Pernassin sur son épaule. Sans rien dire, regardant droit devant lui, il se met en marche. La lourde tête pâle de François dodeline contre le dos d'Ambroise. « Pourvu qu'il ne meure pas, pense Benoît. Il ne va pas mourir le jour même où on arrive à Paris ? Il y a du monde partout et personne pour lui faire des prières. Boudou ! Qu'est-ce que c'est, cette ville ? – Vous n'allez pas chercher un médecin ? Dites, vous n'allez pas essayer de le sauver ? demande Benoît.

Ambroise Tronel écarte Benoît d'un revers de main.

Arrivé en bas d'une maison du faubourg Saint-Laurent, Ambroise s'engage dans une montée d'escaliers étroite encombrée d'ordures. Il grimpe jusqu'au quatrième étage. Les enfants le suivent. Ambroise donne un coup de pied dans une porte. Il dépose François par terre, met son oreille contre sa poitrine et se relève, satisfait :

— Nous voilà chez nous. Et François va pas crever, je vous le garantis.

Cette salle humide et sombre, avec un brasero pour faire la cuisine, c'est ça « chez nous » ? Benoît est saisi de terreur : tout l'hiver ici ? « Grand-père, Maman, Florine », murmure-t-il. Puis il va vers François :

— Dis, tu as mal ?

François ne répond pas. Il a la bouche entrouverte. Le filet de sang sous son nez s'est coagulé. Des soubresauts brefs et secs secouent sa poitrine.

— Ne t'occupe pas de lui, dit Ambroise Tronel. Il ne va pas crever, je te dis. Tu ferais mieux de t'occuper de toi. Va chercher à manger. Si tu ne mendies pas ton bout de pain, tu ne l'auras pas. Et si tu n'as pas ton bout de pain, demain tu auras des jambes d'agneau pour grimper dans les cheminées. Et si tu as des jambes d'agneau, tu vas dégringoler, patatras ! et tu seras cassé trois fois comme François.

Benoît ne veut pas en entendre davantage. Avec Gérard, Claude et cinq autres enfants, il descend les escaliers.

Ils longent une rue jusqu'au théâtre de la porte Saint-Martin. Claude pensait que ce serait un bon endroit pour mendier. Mais le théâtre est fermé.

Au carrefour de la place du Temple, il y a beaucoup de monde. Claude va d'un groupe à l'autre, tend la main, interpelle les gens. Benoît a très faim. Il donne une tape sur le bras d'un monsieur, il est repoussé négligemment, personne ne le regarde. Il n'a pas plus d'importance qu'une mouche.

Benoît ne sait pas reconnaître qui pourra lui donner de l'argent, qui en a et qui n'en a pas, qui pourra prendre pitié de lui et qui ne jettera jamais un coup d'œil sur ce petit bonhomme en sabots, murmurant son patois.

Benoît a compris clairement une chose : dans cette foule, il y a des gens qui roulent en fiacre. S'ils vous renversent et vous laissent à moitié mort, ils ne se donnent pas la peine de descendre pour vous aider et ils payent pour avoir la paix.

Benoît sent tout à coup une main glisser une pièce d'argent dans la sienne. « Que les gens soient gentils ou méchants, ça ne sert à rien. Personne ne connaît personne. On ne peut même pas dire merci. »

Il rejoint Claude et les autres, et montre sa pièce. Claude écarquille les yeux :

— T'en as, une chance ! Il y a de quoi acheter du pain pour trois jours avec ça. N'en parle pas à Tronel ! Il te la piquerait. Si tu gagnes autant à mendier, tu auras de quoi vivre sans faire les cheminées. Mais une veine comme ça, tu n'en auras pas souvent.

Benoît a envie de dépenser ses sous pour des bonbons.

— Garde-les, dit Claude. Les bonbons, ça coûte cher, et quand on en a mangés, on a faim pour autre chose.

Mais Benoît n'écoute pas et achète cinq pastilles à la rose et cinq à la violette. Il en dépose religieusement une sur sa langue, ferme les yeux pour la sentir fondre. Jamais il n'a mangé quelque chose d'aussi bon. Il oublie la foule ; il ne pense plus ni à Ambroise Tronel, ni à son frère, ni à François, ni à

Paris. Il est enroulé dans la sensation délicieuse de ce sucre parfumé qui fond dans sa bouche. La pastille s'amincit et devient fine comme le linge d'autel de M. le curé Émieux. Benoît passe et repasse sa langue sur son palais. Brusquement, il ne sent plus rien. La pastille a fondu.

— Tu nous en donnes ? demande Gérard.

— On va partager.

Ils se mettent à l'écart. Benoît fait trois tas, et compte : « Une pour Gérard, une pour Claude, une pour moi, une pour Gérard, une pour Claude... » Puis s'arrête :

— Il faut en garder une pour François. Il est peut-être tout seul là-haut dans la chambre et il doit avoir mal. Ça lui fera oublier, à lui aussi, comme à moi...

Mais Claude avait raison : maintenant, ils ont tout aussi faim qu'avant.

On entend une drôle de musique : un homme orchestre joue du chalumeau et fait sonner des cymbales entre ses genoux. Il bat la mesure d'un pied et agite en cadence un chapeau pointu avec des sonnettes. Benoît oublie sa faim et regarde avec plaisir cet homme qui fait de la musique beaucoup plus jolie que celle de l'église. Benoît tape du pied en essayant de cogner ses genoux l'un contre l'autre et d'agiter ses bras.

Claude l'attrape :

— Fini, tes gamineries ! On rentre.

— Mais on n'a rien mangé.

— Je te l'avais dit de ne pas dépenser n'importe comment.

— C'était mes sous !

— Il faudra que tu apprennes à vivre ici. Si tu gaspilles, tu crèveras de faim.

« Même Claude devient méchant. Boudou ! qu'est-ce que c'est donc, cette ville ? »

Ils quittent la place du Temple. Le soir est tombé. Dans la rue du Faubourg-Saint-Martin, l'allumeur de réverbère a éclairé la lanterne à huile. Benoît aimerait passer la nuit dehors, appuyé contre un mur, près de la pâle lumière tremblotante, à sucer aussi lentement que possible sa pastille de sucre à la violette. Mais Claude le tire par le bras.

*

Tôt le matin, Ambroise Tronel réveille tout le monde. Dans la chambrée du troisième étage, le groupe de la Tarentaise est déjà levé. Ambroise presse sa troupe : si l'on arrive trop tard au bureau de ramonage, d'autres auront pris le travail avant eux.

Il remet à chaque enfant deux plaquettes de cuir avec des lanières pour se protéger les genoux et une culottière (une large plaque de cuir pour le derrière), plus une cagoule de laine avec un numéro gravé sur une plaque de métal, un sac pour mettre la suie et une raclette. Benoît Verduraz, du village d'Albiez-le-Vieux en Maurienne, est devenu le numéro 187.

À tâtons, tous descendent l'escalier.

Dans la rue, la vie a commencé. De leur charrette, les marchands de bois lancent des bûches à la volée. Les domestiques les récupèrent pour les mettre en tas devant les maisons. Les marchandes de lait, chargées de lourds bidons, crient : « La laitière, allons vite ! » Elles se frayent un passage entre des tombereaux d'ordures qui seront ramassées et emportées dans les campagnes voisines. Les chiffonniers, qui ont travaillé toute la nuit pour récupérer des vieux bouts de tissu, traînent derrière eux leurs sacs pleins. Les lingères, roulant des hanches, se hâtent avec de gros paniers en équilibre sur leur tête. Devant les boucheries, le sang coule au milieu de la chaussée et l'odeur écœurante du suif fondu flotte. Les garçons bouchers portent sur leurs épaules des moutons écorchés. De jeunes boulangers vont d'une maison à l'autre en évitant la boue de la rue. Et dans les cabriolets, les laquais de maisons riches font des courses : ils hèlent les marchands de légumes et de fruits, qui accourent dans l'espoir de se débarrasser de leur chargement de choux, de carottes ou de pommes.

20, rue Saint-Denis.

C'est là que les propriétaires d'immeubles ou de maisons louent des ramoneurs soit pour une journée, soit pour six mois avec un abonnement. Dans une grande salle, un gros monsieur avec des lunettes rondes, un nez rond, des joues rondes et une minuscule bouche ronde est assis derrière un bureau couvert de papiers en désordre.

Ambroise Tronel entre.

Contre le mur, le numéro 187 et ses camarades sont alignés comme un troupeau de bêtes à la foire de Saint-Jean-de-Maurienne.

Le gros monsieur donne à Ambroise Tronel une série d'adresses. Ambroise en donne vingt à Claude. Il forme un groupe de six enfants dont Benoît et Gérard. Dans la matinée, ils doivent ramoner quarante cheminées et revenir au bureau prendre le travail de l'après-midi.

Ils commencent par le n° 9 de la rue Saint-Antoine. Arrivé en bas de la maison, Claude crie très fort :

— Haut en bas !

De la fenêtre du premier étage, une dame avec un bonnet blanc se penche :

— On arrive !

Claude pousse Benoît devant lui. Benoît suit la dame tout en jetant des regards timides sur l'appartement : des tissus sur les fenêtres, des meubles brillants, des parquets, des pendules, des vases en bronze. Benoît sent ses jambes trembler et les paroles d'Ambroise Tronel lui reviennent : « ... et tu auras des jambes d'agneau pour grimper dans les cheminées. Et si tu as des jambes d'agneau, tu vas dégringoler, patatras ! et tu seras cassé trois fois comme François. » Benoît chasse de sa tête ces paroles et l'image de François étendu, là-bas, dans la salle sombre du faubourg Saint-Laurent.

La dame regarde Benoît et lui passe la main dans les cheveux :

— Tu en as, des belles boucles. Elles vont être toutes noires avec mes cheminées.

Benoît ne comprend pas très bien, mais il sourit, craintif, en baissant la tête. « Il va falloir y aller. J'ai plus le choix, cassé ou pas cassé, il faut grimper là-dedans. »

— Enlève tes sabots, dit Claude. Monte en t'appuyant sur les fesses et les genoux. Et racle. Fais tomber autant de suie que tu peux dans le sac. Dès que tu arrives sur le toit, tu cries : « Haut en bas ! » Je saurai que tu es bien arrivé. Moi je te crie : « Haut en bas ! » et tu redescends. Fais bien attention de te retourner pour racler l'autre côté. Allez, vas-y !

Le cœur de Benoît bat très vite. Il monte sur un tabouret. Il tire sa cagoule sur ses yeux. Il pénètre à l'intérieur de la hotte. Pour la première fois, c'est la nuit des cheminées. Il écrase son dos contre l'une des parois, ses genoux contre l'autre. « Saint Roch et saint Sébastien, ne me laissez pas tomber. » Et il grimpe dans le noir.

Claude lui crie d'en bas :

— Ouvre mieux ton sac, boudou ! Tu fais tout tomber par terre.

Cette cheminée semble sans fin et Benoît respire mal avec sa cagoule sur le nez. Noir. Noir. Noir. Nuit. Noir. Et dessous, le vide. Racler. Noir. Suie. Sac. Racler. Nuit.

Enfin, une bouffée d'air lui rafraîchit le sommet du crâne. Il doit être bientôt sur le toit. Une dernière poussée des reins et des pieds et il est en haut. Benoît arrache sa cagoule et aspire à pleine bouche une bouffée d'air frais.

— O ta bas ! hurle-t-il par la cheminée.

Puis il regarde autour de lui le paysage nouveau : des toits et des toits, des cheminées et des clochers d'église.

Benoît éternue pour chasser les poussières qui lui chatouillent le nez. Et soudain, après la peur du noir, la peur du vide qu'il sentait sans le voir, la peur d'avoir des jambes d'agneau, Benoît voit l'alpe, la Croix-du-Chatel, Grand-Père. Il a gagné sa première victoire.

« Benoît, ça va faire un sacré gaillard ! » Et avant de redescendre, Benoît chante à pleins poumons :

En passant par la Bourgogne,
Je rencontre un petit homme
Qui mangeait de pain, de tomme,
Qui buvait du ratafia,
Hohé ! hohé, chante-t-il
Je m'en viens de la Savoie
Ramoner la cheminée
Du haut en bas

— O ta bas ! crie Benoît à Claude.

— O ta bas ! répond Claude.

Benoît tire de nouveau la cagoule sur son nez, n'oublie pas de changer de côté pour racler l'autre paroi et descend en faisant attention de ne pas laisser tomber la suie hors du sac.

La dame au bonnet blanc est tout agitée :

— Mais il a tout sali ! Mais il ne sait pas ramoner ! Mais il va falloir que je renettoie toute la maison ! Mais qui vous a donc envoyé ici ? Mais je ne vais pas payer pour du travail fait comme ça !

— C'est la première fois qu'il monte. Donnez-moi un balai. Je vais tout vous nettoyer, dit Claude.

Benoît baisse la tête. Le coin de ses lèvres s'étire vers le bas. Et de grosses larmes coulent. La dame le regarde, fouille dans l'aumônière attachée à sa ceinture, prend la main de Benoît et met sept sous dedans :

— Allons, la prochaine fois que tu reviendras me voir, tu sauras mieux faire.

Benoît ferme son poing droit et le met sous son bras gauche. Sept sous, gagnés par son travail, pas mendiés, pas donnés, pas demandés, sept sous.

Et ils sortent de la maison.

— Eh bien, donne-les ! dit Claude.

— Ils sont à moi !

— C'est comme ça, ici. Les sous, on les met ensemble. Ambroise Tronel tient la caisse. Il doit en laisser une part à la régie des ramoneurs, une part pour lui et, après, pour nous.

— Je ne veux pas travailler pour les autres.

— Et moi ? Tu crois que je ne travaille pas pour les autres ? Mes sous, ils vont aux parents. Et les sous des parents, ils vont au marquis.

— Tu recommences avec le marquis. J'ai cru que tu l'avais oublié.

— En France, les gens commencent à s'en débarrasser, de leurs marquis, et nous, on fera pareil.

— En attendant, je viens de perdre mes sous, moi. Et c'est toi qui me les piques pour les donner à Tronel.

— Tu ne comprends rien. Allez, on va rue Vieille-du-Temple. Tu te débrouilleras avec Gérard : vous faites le 23, le 31 et le 79.

— Non, ça, tu peux le dire, je comprends rien.

— En attendant, fais ton boulot comme il faut, ou gare à toi.

*

À la fin de la matinée, tous retournent au bureau de ramonage.

Les enfants s'alignent contre le mur et donnent leurs sacs de suie. La suie sera vendue comme engrais pour les champs. Et Ambroise Tronel aura son pourcentage sur cette vente.

Puis Claude et Ambroise font une rapide revue du travail : toutes les adresses données ont bien été desservies. On peut se mettre en route pour le ramonage de l'après-midi.

*

Pendant sa première journée, Benoît a nettoyé dix-sept cheminées. Ses vêtements sont noirs. L'intérieur de son nez est noir et brûlant. Ses cheveux le grattent. Et, bien sûr, il n'y a pas d'endroit où se laver. Benoît a l'habitude de la crasse. À Albiez, il ne se lavait que le dimanche, et seulement la figure. Mais avec le mélange de suie et de transpiration, sa peau lui fait mal de partout. Il se frotte les bras et la figure avec sa cagoule. Mais sa cagoule est aussi noire que sa peau. Et il se résigne à garder cette croûte de crasse et de sueur.

Dans une rue, une marchande lui donne un bout de pain, et devant une boucherie de la rue du Temple, il ramasse un morceau de tripe et de gras. Ce soir, il les fera cuire dans la chambrée sur le brasero.

Arrivé au faubourg Saint-Laurent, Benoît hésite : cette maison avec cet escalier sombre ne lui donne guère envie de rentrer. Puis il pense à François : « Qu'est-ce qu'il devient là-haut ? » Benoît grimpe vite les escaliers.

Dans un coin, François est recroquevillé, la tête coincée entre les genoux.

Benoît lui touche l'épaule :

— Dis, je ne t'en veux plus pour le jour où tu m'as poussé sous la pluie. Je ne t'en veux pas du tout. Est-ce que tu as mal dans ta tête ?

François le regarde. Ses yeux sont fixes, sa bouche entrouverte. Ses mains tremblotent comme celles d'un vieillard.

— Dis, tu me reconnais, dis ? C'est moi. Benoît. Et je ne t'en veux pas pour l'autre jour. Je voulais te faire tomber dans la vigne. Mais je ne l'ai pas fait.

François se tait et continue à fixer Benoît. Benoît le secoue par les épaules. François ne dit toujours rien et met une de ses mains dans sa bouche.

— Tu ne peux plus parler ? C'est ce type dans le fiacre qui t'a mis dans cet état. Si je le revois, je vais lui casser la gueule.

François garde sa main dans sa bouche et serre les dents.

— Tu vas te mordre, François ! Tu vas te faire mal.

Benoît libère la main de l'emprise des dents, puis il crie pour que toute la chambrée partage sa colère :

— Paris, c'est du fumier !

— Calme-toi, lui dit Gérard. Ça ne sert à rien de crier comme ça. Ici, il n'y a que nous qui pouvons t'entendre. François, il n'est pas mort.

— Non, il n'est pas mort, sanglote Benoît. Mais il est devenu crétin. Il ne peut plus parler. Et dans une ville comme cette saleté de Paris, il n'a pas plus de chance de survivre qu'un poussin entouré de chats.

Dans la chambrée, le brasero fume. Gérard a récupéré deux bûches à demi consumées qu'un propriétaire lui a données. Sur un vieux couvercle de chaudron, les enfants font griller des morceaux de tripe, des os de lapin sur lesquels ils restent quelques lambeaux de viande. Benoît surveille son bout de gras et son bout de tripe. Il les a trouvés. Ils sont à lui. Tronel lui a pris ce qu'il a gagné : c'est la règle du groupe. Si Benoît garde de l'argent pour lui, il connaît la punition : Ambroise Tronel l'enverra dormir pendant cinq nuits dans la neige. S'il n'y a pas de neige, on lui mettra la tête dans un sac de suie et on le fouettera avec dix coups de ceinture. Benoît n'a pas l'intention de tricher. Mais il n'a pas non plus l'intention d'être volé : ce qu'il a ramassé, tripe et gras, il le mangera, lui.

Après le repas, Benoît se couche sur une paillasse. Il fait une prière à Notre-Dame de la Vie : « Je suis vraiment seul ici », murmure-t-il. Puis il pense à son grand-père, à sa mère, à la petite sœur et aux trois vaches. Il y pense si fort qu'il les sent près de lui. Et pour un moment, la chambre aux murs de pierre paraît moins froide, moins triste. Il voit l'herbe de l'alpe. Et juste avant qu'il s'endorme des taches bleues et blanches de gentianes et de narcisses brillent pour lui dans les cheminées de Paris.

*

Jour après jour, Benoît grimpe dans ses cheminées. Faubourg Saint-Martin, rue du Cherche-Midi, rue Croix-des-Petits-Champs, passage du Grand-Cerf, rue du Figuier. Des vieilles maisons. Des maisons nouvelles. Des maisons pauvres. Des hôtels particuliers. Des couvents. Des hôpitaux. Ici, les cheminées sont en marbre avec des sculptures. Là, en brique. Ici, elles sont en pierre toute simple. Ailleurs, elles ont des chenets dorés, des décors somptueux et l'on y fait flamber des bûches énormes. Ici, elles sont en faux marbre avec des bûches artificielles en terre cuite pour faire riche sans avoir à brûler de bois. Là, elles fument encore lorsque Benoît arrive, et là, elles ne seront allumées qu'une ou deux fois pendant les très grands froids. Mais pour Benoît, lorsqu'il s'engage dans la cheminée, elles deviennent toutes pareilles : noires. Noirs le sac de suie, la raclette, les genouillères, la culottière. Et, lui cachant ses yeux, noire sa cagoule avec le numéro 187. « O ta bas ! O ta bas ! » Et tout ça pour sept sous.

*

Ce matin, Claude et Benoît vont au Pont-Neuf. Un mois qu'ils grimpent dans des cheminées. Claude a envie d'un peu de liberté. Au Pont-Neuf, beaucoup de ramoneurs travaillent aussi comme décrotteurs : ils possèdent une sellette, deux brosses, un polissoir, et ils ont leur cirage, fait avec un mélange d'huile et de suie. À cause de la saleté des rues, les gens utilisent sans cesse le service des décrotteurs pour enlever les mouches de boue qui se collent contre leurs bas et pour nettoyer leurs chaussures avant de rendre des visites.

Claude s'approche de l'un d'entre eux. Sa sellette brille. Il a même un parapluie pour abriter ses clients.

— Ça va, le travail ? dit Claude en français.

Séraphin, le décrotteur, lui répond en patois savoyard :

— Tu ne serais pas de la Maurienne ? Moi, je suis de la Tarentaise. Je ne peux pas bien te parler maintenant, je ne veux pas perdre des clients.

Puis il ajoute en riant :

— Tu ne viens pas me voir pour que je nettoie tes chaussures, dis ?

Claude reprend sérieusement :

— Je viens te voir pour que tu m'emmènes dans les cafés de Vaugirard.

— Parle pas de ça ici, ce n'est pas prudent. Chut !

— Quoi, chut ? On parle patois. Personne ne comprend.

— Au Porcheron et à la Coutille : on parle de ce qui se passe en France. C'est plus prudent là-bas qu'ici. En septembre, l'Assemblée a signé une déclaration des droits.

— Dis, c'est quoi, ces droits ? demande Claude à voix basse.

— Les gens ont des droits, en France, en Savoie, partout. Ils ont des droits, tout simplement parce qu'ils sont des gens. Ils ont le droit d'avoir des terres. Ils ont le droit de se réunir pour parler de ce qu'ils veulent.

— Alors, on peut bien parler ici ?

— Il vaut mieux être prudent. Mais moi, j'ai des droits comme les types à qui je nettoie les chaussures.

C'est ça qu'elle a signé l'Assemblée nationale de France. Viens à la Coutille. J'y serai samedi. On reparlera de ça.

Un élégant jeune homme appelle un décrotteur. Dix arrivent. Il les regarde, pose son pied sur la sellette de Séraphin. Vite, celui-ci met le cirage en faisant attention de ne pas noircir les bas blancs. Il frotte rapidement avec ses brosses. Un pied. L'autre. Puis le jeune homme laisse tomber par terre des piécettes que Séraphin se dépêche de ramasser.

— Tu gagnes autant à donner tes coups de brosse que moi à grimper dans une cheminée ! s'exclame Benoît.

— Attention ! On ne gagne pas à tous les coups. J'ai de l'expérience, moi. Tu as vu le nombre de décrotteurs ? Ils viennent de partout, d'Auvergne, du Piémont, de chez nous. Mais on ne réussit pas tous. Tu n'as qu'à voir. Il n'y a pas beaucoup de sellettes comme la mienne.

— Tout de même ! Tu as eu sept sous sans avoir de la suie dans les trous de nez.

— Tu as raison, j'ai un bon boulot. Et quand on est décrotteur, c'est presque comme si on s'occupait du roi. J'ai nettoyé des pieds de portillons, de laquais, de valets de chambre, de marquis. Et les marquis connaissent des princes qui vont chez le roi. Sept sous plus sept sous, ça fait quatorze sous.

Quand tu as un petit paquet, tu t'achètes des brosses. Tu n'es pas expert, mais tu n'es déjà plus obligé de monter dans les cheminées tous les jours.

— Moi, ça fait un mois que je travaille et je n'ai même pas de quoi m'acheter des pastilles à la violette.

— Il y a deux ans, j'ai vendu trois peaux de lapin. Très belles. Brillantes. À une marchande de chapeaux. Et je me suis acheté tout ça.

Benoît ferme les yeux. Se tait. Gratte ses boucles.

— Qu'est-ce que tu fais, Benoît ? demande Claude.

— Je réfléchis.

— Et à quoi tu réfléchis ?

— Je réfléchis que si je ne veux plus avoir à grimper dans les cheminées, si je veux m'acheter des pastilles à la violette, si je veux respirer au grand air et si je ne veux pas avoir à donner tout ce que je gagne à Tronel, il faut que je trouve des peaux de lapin à vendre. Tronel, il vend des peaux de lapin et il ne grimpe pas dans les cheminées.

— Tronel, il a cinquante-cinq ans. Toi, tu en as neuf.

— D'accord, j'ai neuf ans. Mais j'ai grimpé dans des cheminées. Et dans le noir, on a le temps de réfléchir. Tes histoires de marquis à Saint-Jean-de-Maurienne, tes droits des paysans à avoir leurs terres, ta justice, tes impôts, moi, je m'en fiche. Le marquis, il est là-bas. Et moi, je suis ici. Je veux gagner des sous. Les garder. Et les dépenser comme je veux.

— Alors, tu ne te souviens pas du type qui a renversé François, non ? Ça te paraît juste qu'il y ait des gens qui puissent amocher les autres et avoir la paix simplement parce qu'ils ont de l'argent ?

— Moi, ce que je comprends, c'est que je n'en ai pas. Et que si je veux en avoir, c'est pas en remplissant des sacs de suie que j'y arriverai.

— Ton frère, dit Séraphin, il est encore petit. Mais je peux te dire qu'il saura se débrouiller.

Claude ne répond rien. Il regarde Benoît, hausse les épaules, puis il dit à Séraphin :

— Samedi, je viens te chercher ici. Tu m'emmèneras au café de la Coutille.

CHAPITRE 5

Il neige. Et dans la chambrée, il fait froid. Le brasero, éclairé par des briquettes d'écorce de chêne, fume sans répandre beaucoup de chaleur.

Un fripier a donné à Benoît une chaussette en laine. Il a donc un pied au chaud, l'autre au froid. La couverture, qui était suffisante pendant l'automne, n'arrive plus à le réchauffer. Nuit après nuit, Benoît a froid.

Aussi, un matin très tôt, Benoît et Gérard se glissent hors de la salle. Ils descendent les escaliers et, au petit trot, se rendent vers le Pont-Neuf. Cela fait longtemps que Benoît a envie de boire un grand café au lait.

— On met nos sous ensemble ? demande Benoît.

— Tu ne te rappelles pas des pommes de terre, à l'alpe ? Tu n'avais pas voulu m'en donner.

— Là-bas, à Albiez, on ne crevait pas de faim et de froid. Ici, ce n'est pas pareil. On ne peut pas survivre tout seul. Alors, d'accord ? On les met ensemble ?

— D'accord. Mais tu t'en souviendras ou, moi, je t'en ferai souvenir.

La marchande de café au lait tient une casserole d'étain au chaud sur un poêle. Chaque matin, elle va récupérer du marc de café dans des maisons riches. Elle le met dans sa casserole. Le marc qui stagne au fond donne à l'eau un vague goût de café. Elle y ajoute trois tasses de lait, quelques cuillerées de sucre. Et pour quatre sous, elle vous remplit une large coupe en poterie de ce mélange sucré et amer à la fois, mais fumant. Benoît a vu Ambroise Tronel se régaler avec ça. À son tour.

— Vous êtes bien matinaux tous les deux, dit la marchande de café.

— On a froid, dit Benoît. On en veut chacun un bol.

— Et qui commence ? demande la marchande.

— Moi, dit Benoît.

— Et si on n'a pas assez d'argent ? s'inquiète Gérard. Qu'est-ce que j'aurai, moi ?

— Tu l'auras aussi, ton café, dit la marchande.

— Vive la France des citoyens ! s'écrie Benoît.

— Chut ! répond la marchande. Il vaut mieux ne pas dire ça encore trop fort.

La marchande plonge sa louche dans la casserole et donne un grand bol de café au lait à Benoît. Il le serre dans ses mains, sur sa poitrine, le presse contre ses joues, son nez et pose enfin ses lèvres sur le rebord. Une chaleur exquise emplit sa bouche et il ferme les yeux pour sentir le liquide descendre dans sa gorge.

Près d'eux, un jeune garçon d'environ quinze ans porte sur son dos un impressionnant ballot d'où sortent des chaudrons, des vieux chapeaux et des peaux de lapin. Benoît finit son café au lait. Gérard boit à son tour.

Des peaux de lapin ? Benoît interpelle le jeune garçon en patois savoyard.

— Où tu as trouvé tout ça ?

Nicolas, le garçon au ballot, le regarde et lui répond en français :

— Je ne te comprends pas. Je suis auvergnat.

Benoît, qui commence à parler le français assez bien, repose sa question :

— Où tu as trouvé tout ce que tu as sur le dos ?

— En faisant des affaires... Mais laisse-moi boire mon café du matin. Je ne parle pas avec n'importe qui avant d'avoir bu un café.

— Je ne suis pas n'importe qui. Je suis Benoît Verduraz d'Albiez-le-Vieux, en Savoie.

— Et alors ? Ce n'est pas ça qui va m'empêcher de boire d'abord mon café.

Nicolas sort de sa poche un morceau de pain, un bout de fromage et deux sucres serrés dans un papier. Il s'assoit sur le banc de la marchande et commence à manger et à laper lentement son café. Benoît pense : « Il ne crève pas de faim, celui-là ! Est-ce qu'il va proposer de partager quelque chose ? »

Mais Nicolas mastique sans se presser, comme quelqu'un qui a déjà mangé la veille au soir. Qui mangera à midi. Et qui n'a pas l'intention de partager ce qu'il a.

— Est-ce que je pourrai aller travailler avec toi ? Moi, j'en ai assez de grimper dans les cheminées. Si tu as besoin d'aide..., dit Benoît.

— Et qu'est-ce que t'as sur ton dos pour rentrer dans mon commerce ?

— Rien.

— Rien ? Et tu t'imagines que je vais faire de toi mon associé, alors que tu n'as rien ? Trouve-toi des choses, et on en reparlera.

Nicolas finit son café, nettoie sa bouche d'un revers de main et, satisfait de l'impression produite, installe son ballot sur son dos.

Benoît le suit à distance, et Gérard suit Benoît.

— Peaux de lapin ! Peaux de lapin ! Vieux chapeaux ! Vieux chaudrons ! crie Nicolas.

Les rues sont pleines de neige, encombrées par les voitures d'ordures, les fiacres et les cabriolets, et de partout des cris retentissent :

— Pommes et choux ! Rémouleurs ! Eau-de-vie ! Beignets chauds ! Tisane et santé ! Châtaignes et romarin ! Moules et huîtres ! Vieux métaux ! Cureur de puits ! Sucre d'orge !

Mais Benoît n'entend qu'un seul cri : « Peaux de lapin ! » et ne voit qu'une seule personne : Nicolas.

Benoît se fraye un passage, il ne veut pas perdre Nicolas de vue. Il ne pense ni à Claude ni à Ambroise Tronel. Pour un moment, il est seul dans Paris avec Gérard, libre.

Le café au lait lui fait oublier sa faim. Pas de ramonage ? Pas de repas ce soir. Mais ce n'est pas le moment de s'inquiéter de ça.

Une pluie fine fait fondre la neige et forme une boue pleine de détritus. Benoît patauge avec ses sabots. Son pied avec la chaussette a aussi froid que l'autre.

Nicolas s'est arrêté pour recouvrir ses affaires d'un sac de toile. Benoît s'approche de lui :

— Dis, est-ce que je peux travailler avec toi ? Gérard aussi, si tu veux. À trois, ça marchera bien.

— Je vous prends à l'essai, dit Nicolas. Moi, je crie et vous deux, vous portez mes affaires, d'accord ?

Benoît est ravi. Il se met à genoux dans la boue et Nicolas harnache le ballot sur son dos.

Un autre colporteur, qui a un paquet beaucoup moins gros que celui de Nicolas, les croise et les aborde :

— Combien tu les vends, tes peaux de lapin ?

— Un écu pièce. Deux pour cinq livres, répond Nicolas avec assurance.

— Trop cher.

— Un écu pièce, deux pour quatre livres, reprend Nicolas.

— Trop cher, je te dis.

— Qu'est-ce que tu m'offres ?

— Trente-sept sous pièce.

— Tope là ! dit Nicolas en tapant dans la main de l'autre.

Le marché est conclu. Benoît s'agenouille. Nicolas défait le ballot à l'abri d'une porte cochère. Le colporteur examine les peaux de lapin, les tâte, souffle dessus pour apprécier la légèreté du poil.

— Je te prends ces deux-là.

Benoît ouvre de grands yeux. En quelques minutes, Nicolas vient de gagner plus d'argent que lui à ramoner dix cheminées. Nicolas empoche son gain. Benoît réclame :

— Et nous, on a droit à quelque chose ?

— Pour le moment, vous êtes mes apprentis. Tant qu'on apprend un métier, on travaille. On courbe le dos. On écoute. On regarde. On essaie de comprendre. On se souvient et on ne demande rien. Vu ?

Benoît se tait. Il ignore que depuis quatre jours Nicolas transporte son ballot à travers les rues sans rien vendre. Quatre jours qu'il dort dans des embrasures de porte. Ce matin, il a dépensé ses derniers sous pour un café au lait. Nicolas joue des coudes et garde la tête haute, mêlant son cri à ceux de tous les autres marchands ambulants.

*

Claude va en compagnie de Séraphin au café de la Coutille. La salle est pleine de gens dont beaucoup ne peuvent s'offrir un verre à eux tout seuls, alors on partage le vin à deux ou trois. Beaucoup de gens. Et des gens de toutes sortes.

Dans un coin, un groupe de femmes discutent devant un tas de riches vêtements.

— Ne t'approche pas d'elles, dit aussitôt Séraphin. Ce sont des dépouilleuses d'enfants. Elles viennent ici mettre leur butin en commun.

— Où est-ce qu'elles trouvent tout ça ? demande Claude, intrigué.

— Facile. En ce moment, c'est la bonne saison pour elles. Avec la pagaille de partout, elles n'ont jamais eu la vie aussi belle. Elles attirent les enfants en leur proposant des friandises. S'ils hésitent, elles prennent un ton de gouvernante pour les amener à les suivre. Les passants, dans la rue, ne disent rien. Une fois hors de vue, elles enlèvent leurs vêtements aux gamins et leur jettent des guenilles. Regarde tout ce qu'elles ont récupéré. Mais on n'est pas venu pour parler de la crapule. Même si la crapule, ça va aller de mieux en mieux pour elle, avec la Révolution.

— Pourquoi tu dis ça ? Ce qui se passe en France, c'est grave, non ?

— Bien sûr ! dit Séraphin. Les gens de France vont faire la chasse aux nobles, à tous ceux qui ont des hôtels particuliers et des domestiques. Les nobles commencent à préparer leur bagage. Ils sentent venir la bagarre. Et ils ne vont pas pouvoir tout emporter avec eux. Les gens récupéreront ce que les autres vont laisser dans leur fuite.

— Et toi, comment tu sais tout ça ? demande Claude.

— En travaillant au Pont-Neuf, on arrive à discuter avec beaucoup de monde. Des tas de Parisiens sont allés à Versailles en octobre. On dit que le roi et la reine pensaient quitter leur palais. S'ils ont peur, les nobles ont encore plus peur qu'eux. Et partout, les gens ont faim. Très faim. Rien ne les retiendra et leur colère sera terrible.

Séraphin s'approche d'un groupe de Savoyards qui ont formé entre eux un club. Claude écoute. Les idées qu'il avait déjà à Albiez, il n'est pas seul à les avoir. Et là, autour de la table, des jeunes comme lui parlent avec ferveur :

— Le peuple manque de pain. La misère est au pire. Ça ne peut plus durer.

— Le bon papa roi ne va pas faire long feu, en France.

— Attends que le roi ait quitté Versailles, et tu vas voir les gens courir là-bas.

— L'Assemblée vient de déclarer que les biens du clergé appartenaient à la France.

— Tu as entendu la toute dernière nouvelle ? Le clergé n'existe plus.

— Et de partout en province, les gens se rallient à l'Assemblée.

Claude s'écrie :

— Alors, si nous, en Savoie, on veut se débarrasser de notre roi, il faut qu'on rejoigne l'Assemblée ? Soyons français ! Seuls, on n'y arrivera jamais. Nous aussi, nous avons des seigneurs qui nous écrasent d'impôts. Ils gardent nos terres. Ils nous font travailler pour eux. Il est temps que les montagnards de Savoie fassent connaître leurs droits.

— Qui es-tu ? demande-t-on à Claude.

— Je suis Claude Verduraz, d'Albiez-le-Vieux en Maurienne. Quand je retournerai dans mon pays, l'été prochain, je veux aller dans tous les villages et à Chambéry. Si les Français ont eu le courage de crier leur misère, de prendre la Bastille et de prendre leur roi à témoin de leurs souffrances, nous aussi pouvons faire la même chose en Savoie.

— Tu as entendu, dit Séraphin ? Ils ont supprimé le clergé. Ça, en Savoie, les gens ne l'accepteront jamais.

— On n'est pas obligé de se débarrasser de tous nos curés. Mais il faut bien que, nous aussi, on se fasse entendre. Les grognements dans les coins, en faisant attention que personne n'entende, c'est fini. Il faut parler haut et clair, et les gens comprendront. Savoyards, unissons-nous ! Ils disent : « Vive la France des citoyens ! » Disons : « Vive la Savoie des citoyens ! »

Dans le café, on applaudit Claude. Il est tout surpris de son audace. Et il se rappelle la scène devant le parvis de l'église à Albiez, lorsqu'il avait demandé l'appui de son village pour aller parler au marquis de Coudrée. Personne ne l'avait suivi. Ici, on l'applaudit. Et tout à coup, il sent naître en lui une force énorme. Finis les bouts de bois cassés sur son genou pour apaiser sa rage, les cailloux lancés dans les chemins, les mots glissés à Benoît pour lui faire partager sa colère en cachette de tous. Il parle fort, haut, et personne ne lui dit de se taire. Son père ne le

regarde pas, inquiet. Sa mère ne lui promet pas la prison. Ici, on le comprend.

On offre un verre à Claude. Il sourit, remercie.

Il donne des claques amicales dans le dos de ceux qui sont proches de lui. Séraphin lui serre la main :

— J'ai bien fait de t'amener ici, Claude. Tu vas faire du bon travail lorsque tu retourneras en Savoie.

Et Claude va d'un groupe à l'autre, discute, écoute, donne son avis, promet qu'il reviendra.

Il se fait tard.

Dehors, de larges bouffées de vent font voltiger la neige poudreuse. Des flocons jaunes et rouges scintillent dans la lumière des réverbères. Claude et Séraphin quittent le café pour rejoindre leur chambrée. Séraphin loge aussi dans le faubourg Saint-Laurent.

Après le succès qu'il vient de remporter Claude se dit : « Je ne veux pas ramoner les cheminées. Je ne veux pas cirer les chaussures. Je ne veux pas même posséder des terres à Albiez. Je veux dire aux gens ce que je pense, les faire dire ce qu'ils pensent et les aider à s'organiser. » Mais bien vite, il s'inquiète : « Il faudrait connaître les lois et les comprendre pour pouvoir les changer. Qui écrit les lois ? Qui les imagine ? Qui sont les gens qui dirigent l'Assemblée nationale ? Eux sont français. Comment devrais-je m'y prendre, moi ? »

— On peut se mettre à tous les deux pour le décrottage des chaussures, dit Séraphin. Dès que tu auras assez de sous, tu pourras avoir ta sellette et ta brosse.

— Ce n'est pas à ça que je pense.

— Alors ?

— C'est encore trop flou pour que je puisse t'en parler. Merci de m'avoir emmené au café. Je viens de découvrir dans quelle direction je vais dans la vie. Enfin... Je savais bien qu'un jour j'arriverais à savoir ce que je voulais faire.

— Et qu'est-ce que tu veux faire ?

— Organiser les gens. Être leur porte-parole. Les aider à ne pas ruminer honteusement leur mécontentement comme des bœufs, mais parler pour eux, pour qu'on les entende.

— Mais il faudra quelqu'un pour les écouter, les gens, et qui t'écoute, toi. Un ramoneur de cheminée, un décrotteur, qui s'en soucie ? Si tu tombes de tes cheminées ou si je me fais écraser par un fiacre, qui va s'inquiéter de ça ?

— Personne, tu as raison. Justement, tout ça, ça va changer. Tu me l'as dit. L'Assemblée nationale l'a dit : les gens ont tous droit à la même justice.

— Allez viens, on va aller manger quelque chose avant de remonter dans nos chambrées. Il fait froid chez toi ?

— Et comment ! On a un brasero qui fume et qui ne chauffe pas. Et chez vous ?

— Même chose.

Dans une gargote sale, ils achètent deux morceaux de pain et un bol de soupe qu'ils boivent à tour de rôle en se regardant en silence. Claude pense à sa visite au café de la Coutille et à sa tâche immense, Séraphin, à son travail et à sa joie d'avoir rencontré Claude.

*

Ce soir, dans la chambrée, Benoît est heureux de retrouver son frère. Ses yeux pétillent. Ses boucles blondes s'agitent. Il a hâte de parler à Claude de sa journée de liberté. Il se tape les côtes pour se réchauffer et se tenir éveillé malgré sa fatigue.

Enfin Claude arrive.

— J'ai trouvé un autre travail, dit aussitôt Benoît.

— Tu travailles dans mon équipe, citoyen ! N'oublie pas ça. Tu appartiens à Ambroise Tronel. Tu ne peux pas partir. Et t'as de la chance qu'il n'y ait pas beaucoup à faire, autrement, tu ne l'aurais pas eue, ta journée de liberté.

— Je ne pars pas, citoyen. Je reste. J'ai rencontré Nicolas. Un type formidable. Je l'ai vu gagner soixante-quatorze sous. Soixante-quatorze sous, tu entends ! En quelques minutes. Les peaux de lapin, ça sent mauvais, très, très mauvais, mais ça rapporte plus que de gratter des cheminées. Si tu me laisses libre les samedis et les dimanches, un jour tu auras de quoi acheter les terres du Mollard. Et Nicolas a déjà repéré les maisons des nobles qui quittent la France. D'accord il y a des centaines de personnes qui les connaissent aussi, les maisons. Et ça fera de la belle bagarre quand on ira se servir. Mais Nicolas m'a embauché pour aller la faire, la bagarre, et lui remplir son ballot à pleins bords.

Ambroise Tronel tend l'oreille.

— Et tu les as, les adresses ?

— Bien sûr ! Rue des Petits-Champs. Rue des Mathurins. Rue...

Benoît s'arrête.

— Mais je ne vais pas vous les dire, les adresses, monsieur Tronel ! On n'a pas besoin de vous.

Ambroise Tronel saisit Benoît par les épaules et le fixe de ses yeux bleus durs :

— Dis-les. Ou je te fais passer la nuit dehors. J'aurai de bonnes raisons. Tu es parti sans rien dire à personne ce matin, hein ? J'allais laisser passer ça. Mais si tu ne me donnes pas les adresses, tu vas le connaître, le règlement de la chambrée.

— Laissez-le ! Boudou ! intervient Claude. Il a le droit à son secret. Il a passé la journée à porter un paquet sur son dos, dans la neige et la boue. Il n'y a pas beaucoup de travail en ce moment. Il pouvait bien prendre un jour de liberté. François Pernassin a déjà été esquinté. Un, ça suffit. Benoît, c'est mon frère. Et il ne passera pas la nuit dehors. En plus, il travaille dans mon équipe. Je suis son contremaître.

— Mais c'est moi le patron ! Tu la boucles, toi, comme ton frère.

Claude se tient devant Ambroise, ferme. « La justice sera la même pour tous un jour. Quel jour ? Et comme ça va être difficile, alors que même des gens de la même région ne peuvent pas agir d'une manière juste entre eux. »

— À Albiez, on saura comment vous nous traitez ici, comment vous gardez l'argent de notre travail, comment vous avez récupéré celui des vendanges. Je ne l'ai pas oublié. Je n'ai rien dit. Mais en Savoie, je ferai savoir que vous ne nous donnez rien à manger, que vous nous volez.

Ambroise Tronel s'incline devant la force et l'assurance de Claude.

— Tu dis qu'il n'y a pas de travail ? Tu te trompes. J'en ai trouvé pour quatre jours. C'est nous qui allons ramoner les cheminées à Versailles et cirer les parquets. Le roi est à Paris. C'est le grand nettoyage, là-bas. Il y a au moins cent cheminées et plusieurs hectares de parquet. Versailles et les Trianons. Il y a une équipe du Faucigny qui a failli avoir la commande. Mais ils n'étaient pas aussi nombreux que nous.

— Vive la France des citoyens ! dit Claude. Un jour, les Savoyards n'auront plus à frotter la crasse de leur roi.

*

Toute la chambrée se lève avant le jour. La route jusqu'à Versailles est longue. Pas le temps de manger.

Versailles. Le parc. La neige a enveloppé les bosquets bien taillés et a déposé des bonnets blancs sur les statues. Benoît regarde bien partout : les longues allées, le lac de glace et, là-bas, ce bâtiment grand comme plusieurs églises.

Ambroise Tronel fait presser les enfants. Ils sont introduits dans un long couloir qui mène dans les cuisines.

Un maître-valet parle avec Ambroise Tronel : l'équipe de Claude ira ramoner les cheminées de l'aile droite.

Benoît a déjà vu des appartements splendides depuis son arrivée : de l'or, des miroirs, du marbre, des peintures, des tapisseries, des meubles luisants, des gens qui passent sans même s'apercevoir de la présence de ces petits bonhommes noirs. Mais ici, Benoît est complètement perdu.

Claude et son groupe suivent le valet aux pas pressés. Dans chaque salle, il laisse deux ramoneurs.

Benoît et Gérard sont dans un salon rose et or. Ils se regardent intimidés. Gérard s'assoit sur un fauteuil puis, comme s'il était brûlé, se lève aussitôt : il a laissé une grosse trace noire. Benoît tape le fauteuil, mais sans résultat. Alors les deux enfants poussent le fauteuil dans un coin et le retournent contre le mur. Au moins, ils ne verront plus l'affreuse trace noire.

Benoît baisse sa cagoule sur ses yeux et grimpe dans la cheminée. Il répète la manœuvre faite tant de fois : le dos contre une paroi, les genoux contre l'autre. Grimper. Gratter. Et nuit. La suie de la maison du roi est la même que celle du marchand. Et Benoît attend avec la même impatience la bouffée d'air frais qui lui annonce la fin de la montée. Il enlève sa cagoule.

Benoît regarde le parc. Loin devant lui, les statues ne sont que de petites lignes verticales se détachant sur la neige.

Sur les toits de Versailles, là et là, d'autres têtes apparaissent.

— Salut, citoyen Quéraz !

— Salut, citoyen Portaz !

— Salut, citoyen Cochet !

— Du pain pour les Savoyards !

— Le roi ne peux pas t'entendre, il n'est pas là !

— Alors c'est chez nous ici ?

— On n'a qu'à s'installer !

— On est des citoyens trop sales pour les fauteuils !

D'un toit à l'autre, les petits Savoyards s'interpellent en patois.

Benoît se nettoie le nez, tire sa cagoule. Et à nouveau. Gratte. Suie. Et nuit.

Tirant leur sac d'une salle à l'autre, les enfants grimpent, descendent, regrimpent et redescendent.

À midi, ils se retrouvent dans les cuisines. On leur sert une soupe très claire, mais chaude et qui sent bon. Ils font tremper dedans des restes de pain. Du bon pain blanc de blé, celui que l'on ne mange que pour les fêtes à Albiez. L'une des cuisinières, amusée par la gentillesse et la bonne humeur des enfants, leur donne à chacun trois amandes enrobées de caramel.

Benoît, prudent lorsqu'il s'agit de gâteries, mange la première en fermant les yeux et glisse les deux autres dans sa poche : « Il faudra faire attention de ne pas les perdre... Elles sont encore meilleures que le sucre de Grand-Père et meilleures que les pastilles

à la violette. Est-ce que le roi mange des amandes chaque fois qu'il le désire ? »

Le maître ramoneur n'aime pas voir gâter les enfants. Ils se mettent à rêvasser et ils travaillent moins bien. Aussi remet-il vite sa troupe au travail. Dès que les cheminées seront finies, il faudra commencer les parquets.

Des brosses et des chiffons. Deux enfants par pièce. À quatre pattes, ils lavent, grattent, cirent et frottent. Des messieurs en perruque passent, agitant des mouchoirs sous leur nez pour éviter de respirer l'odeur de la cire. Des dames contournent les enfants et remontent le bas de leurs robes tout en laissant des traces de pas dans les pièces qui viennent d'être cirées.

— Et notre travail ? Elles ne le voient pas ? ronchonne Benoît.

— Ne t'inquiète pas de ça, répond Ambroise Tronel. Et dépêche-toi, ça n'avance pas !

— J'ai mal au dos et aux genoux, dit Benoît en se relevant.

— À quatre pattes, je te dis. Tu penseras à ton dos ce soir.

— Je n'aurai pas le choix..., marmonne Benoît en reprenant sa brosse. Mais, boudou de boudou, à quoi ça sert de cirer les parquets si on marche dessus ? Qu'on cire l'autel dans les églises, d'accord. Mais des parquets !

Benoît n'a bientôt plus la force de se demander à quoi ça sert, tout ça. Il est devenu une petite machine docile : deux mains au bout de deux bras tenant deux brosses qui vont d'avant en arrière, de centimètre en centimètre.

Le soir, l'équipe va coucher dans les écuries avec les chevaux. Depuis leur arrivée à Paris, Benoît n'a plus dormi auprès des animaux. Il trouve les chevaux très beaux avec leur pelage de bêtes bien soignées et en bonne santé. Il se roule dans la paille et s'endort. Dans sa tête, les bruns miroitants des chevaux se mêlent aux reflets roux des parquets.

Pendant trois jours, la troupe nettoie les appartements du roi. Les valets chargés de surveiller les travaux sont satisfaits. Ambroise Tronel aussi, mais il ne félicite personne : les enfants ont exécuté des ordres et cela suffit.

En quittant Versailles, Benoît a l'impression d'avoir les genoux écrasés. Et il est courbaturé comme s'il avait été frappé avec un bâton.

*

Revenu à Paris, Benoît retrouve Nicolas. Nicolas a fait de bonnes affaires : il a récupéré, rue des

Mathurins, trois douzaines de cuillères en argent et deux plats en vermeil. Récupéré. Il faudrait dire volé. Pendant que les domestiques de l'hôtel de Beauharnais remplissaient des malles entières d'objets précieux, Nicolas s'est glissé dans les cuisines. Prestement, il s'est emparé des petites cuillères et des plats qui n'étaient pas encore emballés dans des tissus. Il les a glissés dans son sac. Autour de l'hôtel il y avait beaucoup de monde. Les domestiques ne pouvaient pas avoir l'œil sur tout. Nicolas s'est servi et s'est sauvé.

— Nicolas, quand est-ce que tu vas me faire travailler avec toi ? demande Benoît.

— Quand j'aurai ma boutique, tu pourras venir m'aider.

— Ta boutique ? Tu as vendu tant que ça de peaux de lapin ?

— Ce n'est pas avec des peaux de lapin qu'on achète des boutiques.

— Alors, avec quoi ?

— Ne pose pas de questions. Quand je serai installé, je viendrai te chercher.

Benoît rentre au faubourg Saint-Laurent. La réponse de Nicolas ne le satisfait pas. Et il tourne et retourne des chiffres dans sa tête. Non, ce n'est pas avec des peaux de lapin qu'on peut s'acheter une boutique. Alors ?...

*

24 décembre 1789 : Paris, malgré la Révolution, est en fête. Dans les rues, on a allumé beaucoup de réverbères. Et les magasins sont décorés.

Claude a gagné quelques sous en travaillant avec Séraphin. Il les a gardés pour lui. Il entre dans une confiserie ornée de guirlandes de fleurs. Sur des étagères s'alignent des nids de fauvette en sucre, des choux frisés en pâte d'amandes, des jambons en bergamote, des pastilles au citron et des cœurs à la fleur d'oranger. Claude est intimidé par toutes ces jolies choses méticuleusement disposées. Il hésite. Qu'est-ce qui ferait le plus plaisir à Benoît ? Une grosse sucrerie ou plusieurs petites qui durent longtemps ?

Dans la boutique, la marchande s'impatiente et regarde Claude, dégoûtée devant ce jeune homme aux habits sales et au visage noirci. Ce n'est pas le genre de clients qui vient habituellement chez elle. Mais c'est la veille de Noël, et elle n'ose pas le mettre à la porte. Enfin, Claude se décide pour des pastilles au citron. Il étale ses piécettes dans sa main et touche du doigt un bocal.

— Ne touchez pas, dit la marchande d'un air renfrogné.

— Je voudrais un cornet de pastilles.

— Pour vous ?

— C'est pour mon frère.

Du coup, la marchande attrape un cœur à la fleur d'oranger et le dépose au-dessus des pastilles au citron.

— Bon Noël, dit-elle. Vous avez l'air d'un brave citoyen.

Claude empoche son paquet et rejoint le groupe. Ambroise Tronel, lui, a décidé d'emmener sa troupe dans un restaurant. Oh ! il ne s'agit pas d'un très beau restaurant !

À l'*Azart de la fourchaite*, un immense chaudron trône au milieu de la salle. Dans une eau grasse nagent des restes de viande, des coquilles de moule, des demi-têtes de mouton. On vous donne un trident. Juché sur un escabeau, vous piquez votre trident dans le chaudron et vous en retirez, au hasard, un morceau. Comme c'est Noël, le chaudron est bien plein. Par groupe de sept, les enfants plongent leur trident dans le chaudron.

Lorsque c'est au tour de Benoît, il fait une prière à saint Blaise : « Pourvu que ma coquille de moule ne soit pas vide. Pourvu que je n'attrape pas une patte de chat. Je vous fais confiance. »

Benoît ferme les yeux, plonge, farfouille, il sent quelque chose de lourd. Il pique et retire le trident : il a attrapé un morceau de cœur de mouton. Benoît le serre dans sa main et va s'asseoir par terre dans un coin. Le morceau est chaud. Benoît le respire et commence à le grignoter. On le regarde d'un air envieux. À côté de lui, Claude mange un bout d'oreille de porc.

— Tu crois que Maman est en train de penser à nous ? demande Benoît.

— Oublie Albiez, c'est mieux comme ça. J'ai une surprise pour toi.

— Ça va être comme les surprises de Nicolas ? Il m'a promis que j'irai travailler avec lui. Mais quand !

— Non, je l'ai dans ma poche, ta surprise.

— Dis vite.

— Je te la donnerai ce soir.

Une fois le repas fini, Ambroise Tronel ramène les enfants au faubourg Saint-Laurent. De nouveau, il neige. Et il fait très froid. Claude pense à Ambroise Tronel : « Pourquoi a-t-il l'air toujours si dur ? Même un jour de Noël. Il parle peu. Ne sourit jamais. Maître ramoneur et colporteur, quel horrible métier. »

Sur la place du faubourg flambe un grand feu. Autour, des tas de gens sont venus se réchauffer. Personne n'est pressé de rentrer chez soi. On chante :

Je vous souhaite une bonne santé
Vivent les mains blanches qui mangent des oranges !
On a les dents bien aiguisées
Pour croquer des dragées.

Et on se frappe les côtes pour faire pénétrer dans son corps la chaleur du feu.

Claude se serre contre Benoît :

— Tiens, regarde-la, ta surprise, tu la verras mieux que dans la chambrée.

Et dans la lumière jaune des flammes, Benoît découvre le cornet de pastilles au citron avec un cœur à la fleur d'oranger.

— Pourquoi tu es si gentil ? demande Benoît.

— Parce qu'on n'est pas à Albiez, parce que j'ai rencontré Séraphin et parce que j'ai eu la chance d'aller au café de la Coutille.

— Ça ne me fait toujours pas comprendre pourquoi tu es si gentil avec moi.

— Tu es content ?

— Bien sûr !

— Alors, suce-les tranquillement, tes pastilles.

— J'en garderai pour Gérard. Il me suit partout. J'en donnerai aussi à François. Peut-être pas à François, il ne se rend plus compte de rien.

— Elles sont à toi. Tu fais comme tu veux.

— Tu devrais économiser pour t'acheter de l'huile et faire du cirage. Tu pourrais aller travailler avec Séraphin. Mon travail avec Nicolas, je ne sais pas si ça va marcher. J'ai l'impression qu'il me laisse tomber.

— Ne t'inquiète pas de moi. Un jour, je te parlerai de mes projets. C'est Noël. Il faut bien être heureux.

Benoît met une pastille sur sa langue. Ferme les yeux. Et accueille en silence la chaleur des flammes et la douceur du sucre. « Albiez. Grand-Père. Maman. Florine. La petite sœur. »

Les gens qui ont apporté un chaudron récupèrent des cendres ou une bûche à moitié consumée qu'ils rapportent chez eux.

Les enfants montent les escaliers glissants et pénètrent dans la chambrée. Les bons moments du repas qui apaise la faim et la chaleur autour du feu sont finis. Benoît se murmure les paroles de son grand-père : « Le fagot de bois, quand je le ferai brûler cet hiver, je saurai que c'est toi qui l'as ramassé et je penserai à toi. » Claude se dit : « Benoît est encore un gamin, heureux de sucer une pastille. »

Et Ambroise Tronel calcule : « Janvier, février, mars, avril. Encore quatre mois. Est-ce que les gamins vont me rapporter assez pour acheter une mule à mon retour ? »

Chapitre 6

Un long mois de janvier. Trente ramonages par jour. Benoît en a assez de Paris. Lorsqu'il avait rencontré Nicolas, il avait eu l'espoir de ne plus avoir à grimper dans la nuit des cheminées. Mais il n'a pas revu Nicolas.

Au cours de ses marches d'un quartier à l'autre, plusieurs fois Benoît a cru le reconnaître. Mais il y a des dizaines de colporteurs avec des ballots. De dos, ils ressemblent tous à Nicolas. Benoît se glisse vers eux, leur tape sur l'épaule. Ils se retournent. Benoît reçoit avec tristesse une claque de déception.

De plus, il a tout le temps faim. En mendiant un peu, il récolte quelques sous. Mais il n'a guère le temps de faire la queue devant les boulangeries. Il n'y a pas beaucoup de pain. Pour en acheter un morceau, il faut attendre des heures.

Ambroise Tronel a organisé les enfants pour essayer d'avoir de la nourriture. Mais, aux alentours des boucheries, tous les déchets sont vite ramassés. Les marchés n'offrent plus grand-chose.

À tour de rôle, deux des enfants sont chargés de trouver à manger. Tard le soir, ils visitent des gargotes avec un grand chaudron : ici, on leur remet deux pommes de terre, là, une poignée de lentilles, ailleurs des trognons de choux, là un os de bœuf. Dans une boulangerie, on secoue un reste de farine du fond d'un sac. Et le soir, une soupe très claire bout sur le brasero, dans la chambrée.

*

Un jour, dans le quartier du Temple, Benoît passe devant une petite boutique à la devanture étroite, ornée d'une cocarde bleu blanc rouge. Sur la planche de bois s'entassent des miroirs, des lunettes, des grelots de vache, du savon à l'eau de rose, du fard à joues, des bouts de ruban.

— Benoît !

— Nicolas !

Nicolas sort de sa boutique :

— Viens donc chez moi. Je te fais un café.

Benoît ouvre de grands yeux. Nicolas a donc bien sa boutique. Et toutes ces choses doivent lui appartenir. Il n'a plus à les traîner sur son dos. Elles sont là, entassées. Il y en a beaucoup.

Benoît pénètre dans l'arrière-boutique : un lit avec un drap et trois couvertures, un fourneau avec deux casseroles. Et contre le mur, une pile de bois.

Benoît arrive enfin à parler :

— Comment tu es devenu riche tout d'un coup ?

Nicolas jette dans une casserole de la poudre de café. Et sans se retourner, il dit :

— Si on sait faire des affaires, on réussit. C'est tout.

— Et tu vis tout seul ici ?

— Je travaille avec un autre Auvergnat. On a acheté la boutique ensemble. Il trouve des choses et, moi, je les revends.

— Et tu vends beaucoup ?

— Y'a pas à se plaindre. Si tu veux travailler pour moi, je t'embauche.

— Mais où je vais les trouver les choses, moi ?

— Je te dirai les endroits lorsque tu m'auras montré ce que tu es capable de faire tout seul. Travaille la nuit. Cherche dans les rues. Le soir, quand on ferme les cafés, après la sortie des théâtres...

— Et si je te rapporte des choses, je peux venir travailler avec toi ?

— Fini le ramonage. Si tu travailles bien, je te paierai bien. Et tu n'auras plus faim.

— Tope ?

— Tope !

Benoît sort de la boutique. Et il pense : « Trouver des choses ? Comment est-ce que je vais faire, alors que je n'arrive même pas à récupérer un morceau de pain ? On n'a pas beaucoup de temps libre. Ambroise Tronel n'aime pas qu'on s'en aille tout seul. »

Benoît prend une résolution : pendant une semaine, il ira dans les rues, les passages, les cours, les petits culs-de-sac du faubourg Saint-Germain, du Marais, de l'Arsenal. Là, il y a des gens riches. Il trouvera quelque chose de très beau et Nicolas l'embauchera.

Il s'est installé pour dormir près de la porte. Un air froid rampe par-dessous. Mais c'est facile de s'en aller lorsque la chambrée dort.

Dans les rues mal éclairées, Benoît marche, pas très rassuré. Des rats fouinent entre les tas de bois devant les maisons. Quelques chiffonniers, avec leur sac sur le dos, font leur travail de nuit. Dans le quartier de l'Arsenal, on a étendu de la paille sur la chaussée pour amortir le bruit des voitures. Avec le gel, la paille a durci. Et dans la nuit, le sol crisse sous les pas de Benoît. Trouver des choses. Rue du Petit-Musc. Rue de la Ceriseraie.

Devant l'hôtel Drouyn de Vandeuil, il y a un carrosse tout attelé. Benoît traverse la rue. Il est seul. Seul le bruit de ses pas. Les rideaux du carrosse sont entrebâillés. Il se hisse sur la pointe des pieds et regarde à l'intérieur : c'est beau comme certains salons dont il a ramoné les cheminées. Des coussins mauves, des tissus lilas, des dorures. Qui a été assez négligent pour laisser tout ça dans la rue ? Dans l'hôtel, çà et là, des lumières, mais la grille de la cour est fermée. Quelqu'un qui aura été arrêté par les gardes nationaux et que l'on aura forcé à descendre du carrosse ? Il se frotte les yeux pour être sûr qu'il ne rêve pas. Il se pince le bras. Enfin il ouvre la porte et pénètre à tâtons.

Il retient un cri : couché au fond, il y a quelqu'un.

— Tu m'as fait peur !

— Tu m'as fait peur aussi !

— Qu'est-ce que tu fais ici à une heure pareille ? demande le cocher.

— Et toi ? Pourquoi tu n'as pas mis ta voiture dans la cour ?

— Ça fait cinq heures que j'attends. Mais les citoyens comme moi, ils sont faits pour être patients. La comtesse devait voir le duc et revenir tout de suite. Ça fait cinq heures que j'attends Madame la Comtesse.

— Je peux rester ? demande timidement Benoît.

— Ne te gêne pas ! Tu es un peu sale pour être là-dedans, mais je suppose que tu es un citoyen comme moi. Et si Madame la Comtesse n'est pas contente de l'odeur qui flotte dans son carrosse, elle n'a qu'à marcher à pied.

— Tu n'as pas l'air de l'aimer, ta patronne ? Ça doit pourtant être agréable de dormir ici. C'est vraiment magnifique.

— Et c'est encore plus beau en plein jour.

Soudain Benoît se rappelle pourquoi il est ici : trouver des choses pour Nicolas. Dans ce carrosse, il y a de quoi rapporter une fortune : une poignée de porte en bronze doré, des coussins ou ce petit sac, là, sur la banquette. Trouver ? Non, voler. La tête de Benoît tourne.

— Tu peux rester ici jusqu'à ce que la comtesse arrive. On ferme la porte. Il ne fera pas trop froid. Et ça me fera de la compagnie.

Des questions sautent dans la tête de Benoît : rester ici ? Partir ? Voler ?

Et brusquement il descend du carrosse et court à toutes jambes dans la rue : « Boudou ! Qu'est-ce que j'allais faire, sacré boudou ! Qu'est-ce que Grand-Père dirait s'il savait que je vole ? »

*

Le lendemain, Benoît va voir Nicolas et lui raconte ce qui s'est passé. Il s'attend à des félicitations.

— Tu es un idiot, Benoît ! crie Nicolas. Un crétin ! Un nul ! Un rien du tout ! Tu crois que tu vas travailler pour moi, si tu n'es même pas capable de

te servir au moment où tu as tout ce qu'il faut sous la main, la nuit, sans personne pour t'attraper.

— Mais je ne pouvais pas ! Ce n'était pas perdu, ce qui était dans le carrosse. C'était à la comtesse.

— La comtesse n'était pas là...

— C'est le cocher qui se serait fait attraper.

— La comtesse ne se serait aperçu de rien. Elle aurait trouvé la banquette un peu dure. Elle aurait rouspété. On lui aurait apporté d'autres coussins. Les gens qui roulent en carrosse ne sont pas à un coussin près. Et dans le sac, il y avait peut-être des bijoux. Ils seraient ici maintenant. C'est comme mes cuillères.

— Quelles cuillères ?

Nicolas se mord les lèvres. Mais voyant Benoît si naïf, il décide de tout raconter :

— Les cuillères et les plats qui m'ont permis d'acheter la boutique. Personne ne saura jamais que ça a disparu. Si c'est là et que personne ne te voit, tu n'as qu'à prendre.

Benoît serre un poing rageur.

— Voler ? Jamais ! Tu me dégoûtes, Nicolas. Ta boutique me dégoûte. Je ne peux pas devenir riche en volant, moi !

— Ce n'est pas voler. C'est faire des affaires au bon moment. Si tu ne te débrouilles pas, tu ramoneras tes cheminées jusqu'à ce que tes poumons soient du charbon. Tu ne pourras plus respirer. Et tu crèveras un jour sur un toit parce que tu n'auras même pas la force de redescendre.

— Je te laisse. Tu me fais peur.

Nicolas met ses mains sur les épaules de Benoît. Ses yeux cherchent ceux de Benoît :

— Si tu dis comment j'ai acheté ma boutique, je te fais la peau, tu m'entends ? Si on est assez bête pour ne pas ramasser ce qu'on trouve, on ne s'occupe pas de faire du commerce.

Tous les rêves de Benoît dégringolent. Et l'arrière-boutique de Nicolas paraît plus sombre encore que la chambrée.

Il a envie de donner un coup de pied dans les objets de la devanture.

— Ça mériterait tout d'aller dans un tombereau d'ordures ! crie-t-il en s'enfuyant.

*

Pour oublier sa peine et sa rage, Benoît va au faubourg Saint-Marceau voir la marchande de croquets et de pain d'épice. Même en hiver, elle organise une loterie pour les enfants. Dans un chapeau profond, elle a des boutons noirs et des boutons blancs. Plus de boutons noirs que de boutons blancs. On met sa main dans le chapeau. Et si on retire un bouton blanc, on a le droit de choisir une image.

— Tu en fais une drôle de tête, mon gars, dit la marchande en voyant Benoît. Si tu as un sou, je te remets de bonne humeur.

— Je ne suis pas un bébé, crie Benoît. J'en ai assez de Paris. Assez de ses cheminées. Assez de sa crasse. Assez de ses dorures. Assez de ses parquets cirés et de sa pourriture. Assez de sa Révolution. Assez d'avoir froid et assez de manger des ordures. J'en ai assez d'écouter des mensonges.

— Ça, c'est un bonhomme qui ne va plus, dit la marchande en passant affectueusement la main dans les boucles de Benoît.

Benoît ne sait pas s'il doit pleurer comme s'il était près de son grand-père. Ou crier fort comme Claude. Il avale ses larmes, se calme et dit sur un ton de grande personne :

— Les temps sont durs pour les ramoneurs. Et pour vous ? Comment ça va ?

— Allez, viens donc voir comment ça va. Mets ta main dans mon chapeau et attrape un bouton.

Benoît plonge.

— Un blanc !

— Tu vois, tu n'es pas si malheureux. J'ai une image avec un petit chat gris qui joue avec un singe vert. C'est ma plus belle. Je te la donne. Et en plus voilà une rondelle de pain d'épice. Ça ne va pas mieux ?

Benoît regarde la marchande :

— Bien sûr, ça me fait plaisir. Mais ce que je voulais, c'est travailler avec Nicolas, mettre en route un commerce, avoir de l'argent à moi, pas toujours grimper dans le noir pour Ambroise Tronel. Je veux grandir. Plus toujours avoir à dire « oui » à tout le monde.

— Ne te presse pas de grandir, va, tu auras encore plus de soucis que maintenant. Comment tu t'appelles ?

— Benoît.

— Est-ce que tu as appris à lire, Benoît ?

— Mes parents ne savent pas lire. Mon frère non plus. Dans mon village de Savoie, presque personne ne sait lire.

— Alors il faut aller à l'Œuvre des petits Savoyards, tu la connais ?

— On ne m'en a jamais parlé.

— Qui donc s'occupe de toi ? L'Œuvre, elle est faite pour des gosses comme toi.

— C'est Ambroise Tronel qui est notre patron. Il est des Villards, pas loin de chez moi.

— Eh bien, moi, je t'emmène à l'Œuvre ! Tu pourras y aller deux, trois heures par semaine. Et si tu sais lire, tu ne seras plus jamais malheureux. Moi j'ai appris à lire quand j'avais douze ans.

— Et ça ne vous a pas aidé à trouver du travail ? s'exclame Benoît. Ça ne vous rapporte pas beaucoup, votre loterie et votre pain d'épice et vos croquets.

— Mais là où je dors, j'ai des livres, Benoît. Et même s'il fait froid, même si j'ai faim, même si j'ai des engelures aux pieds, je peux tout oublier quand je lis. Ça, tu ne peux pas encore le comprendre. Mais fais-moi confiance. Viens me voir demain. Tu ne le regretteras pas.

*

Benoît, dans la chambrée, ne parle à personne. La nuit, la journée ont été pleines d'événements. Il veut penser en silence. Il n'ose pas raconter, même à Claude, sa honte d'avoir connu Nicolas. Un voleur. Et un voleur que personne ne soupçonne et qui a maintenant une boutique à lui.

Apprendre à lire ? Benoît ne sait pas s'il en a vraiment envie. À Albiez, M. le curé Émieux avait une petite école. Benoît y a suivi quelques cours de catéchisme. Mais son père avait trouvé inutile qu'il apprenne à lire. Et tous autour de lui, y compris son grand-père, lui ont toujours répété que savoir lire ne servait à rien. « Je peux tout oublier lorsque je lis », a dit la marchande. Cela tente Benoît. Oublier Paris, la faim, le froid, la chambrée...

Claude est en train de finir un bol de soupe. Benoît se glisse vers lui.

— Je veux te dire quelque chose, Claude.

— Tu veux me dire que tu as faim ? Ce n'est pas la peine de te plaindre, moi aussi, j'ai faim.

— Ce n'est pas ça. Si j'apprenais à lire cet hiver ?

— Tu sais bien que je ne sais pas lire, moi ! Je n'ai jamais eu le temps d'apprendre. Ce n'est pas moi qui peux t'aider.

— Je vais aller à l'Œuvre des Savoyards. C'est la marchande de pain d'épice qui va m'y emmener. Tronel la connaît sûrement, cette Œuvre, il ne s'est même pas donné la peine de nous en parler. Il aurait trop peur que ça nous empêche de faire son boulot.

— Mais tu ne parles pas tellement bien le français. Ça va être affreusement difficile d'apprendre à lire.

— J'ai une tête, figure-toi, et une tête qui marche bien. François, lui, il peut tout juste bouger. Gérard, ça ne l'intéresserait pas. Et Tronel, qu'est-ce qu'il fait ? Il transporte son ballot sur son dos. Il nous fait travailler. Il nous pique nos sous. Et il est méchant. La marchande a dit que si on savait lire, on pouvait tout oublier.

— Ah ! non ! moi je ne voudrais pas lire pour oublier ! dit Claude. Au contraire ! Je voudrais lire pour comprendre ce qui se passe maintenant. Les projets de lois. Les discours à l'Assemblée. Le journal de Paris. Savoir ce qui se passe dans le pays. Qui le gouverne. Comment. Pense à ça Benoît ! Si je savais lire... Si on savait lire, Benoît, tous les deux on deviendraient des sacrés gaillards. Je m'arrangerai avec Tronel pour qu'il nous laisse libre quelques heures par semaine.

— Et s'il ne veut pas ?

— Il voudra. Ah ! il va falloir que j'annonce la nouvelle à Séraphin ! Qu'est-ce qu'il va dire quand il saura que j'apprends à lire !

— Toi, tu as de la chance d'avoir encore Séraphin. Moi j'ai perdu Nicolas.

Et Benoît raconte tout à Claude. Claude prend Benoît par les épaules, lui frictionne ses boucles et lui donne une tape dans le dos :

— Tu as bien fait de quitter cette boutique. Très, très bien fait, citoyen Verduraz. Si on n'avait pas faim tout le temps, ça pourrait être pas trop mal, la vie.

*

La marchande de croquets et de pains d'épice montre à Claude et Benoît où se trouve l'Œuvre des petits Savoyards. Puis elle leur souhaite bonne chance.

Une grosse porte en bois. Une clochette. Claude tire sur la corde. Un vieux prêtre tout petit et au visage tout fripé ouvre. Immédiatement, il sourit à Claude et à Benoît et leur parle en patois ! Ce n'est pas exactement le patois de la Maurienne, mais Claude et Benoît ont l'habitude de passer du patois au français, du français à l'argot des ramoneurs. Et ils comprennent très bien ce que leur dit le vieux prêtre :

— Venez vite vous réchauffer, vous êtes les bienvenus.

— On est ici pour apprendre à lire, dit Benoît.

— Je sais pourquoi vous êtes ici, la marchande de pain d'épice m'a parlé de vous. Mais il faut d'abord vous réchauffer. Et je suis sûr que vous n'allez pas dire non si je vous offre un bol de soupe. Personne ne peut travailler comme il faut avec un ventre creux.

Benoît et Claude osent à peine entrer.

— Vous allez me faire prendre froid. Dépêchez-vous. Si vous avez sonné, c'est pour qu'on vous ouvre. Venez vite.

Benoît pousse Claude, et tous deux entrent. Un couloir en brique cirée. Un crucifix de bois sur le mur. Un escalier en pierre. Et à l'étage une salle claire avec un poêle qui ne fume pas et qui répand une bonne chaleur. Quatre bancs autour d'une table, des bols et une grande marmite chaude. Quinze enfants. Benoît et Claude ne reconnaissent personne. On se salue.

— Il faut dire vos noms tous les deux. Les autres se connaissent déjà.

— On est d'Albiez-le-Vieux. Moi, je m'appelle Claude Verduraz. Et c'est mon frère, Benoît.

Et Benoît remercie en pensée la marchande de pain d'épice. C'est grâce à elle s'il est ici maintenant. Il fait chaud. On l'accueille. C'est presque un « chez lui ». Et cette soupe fumante le régale.

L'abbé de Salignac invite les nouveaux venus à sa classe. Et il se met à enseigner. Il écrit sur une ardoise : *table, soupe, froid.* Pour Benoît ces trois mots ont l'air tout à fait les mêmes. Des petits dessins. Ses yeux ne sont pas encore habitués aux différentes formes des lettres. Sur une autre ardoise, l'abbé trace *t-b-e-e-r-o-a-l-u-d-f-s-p-i-o-*. Puis il demande aux enfants de choisir les lettres nécessaires pour reconstituer les mots. Benoît fouille du regard. Bientôt les lettres se différencient. Le *t* a une barre. Le *a* et le *o* sont tout ronds. Mais le *a* a une petite queue. Le *b* a un gros ventre. Et le *s* a la forme d'un chemin sur l'alpe. Le *i* jette son point en l'air pour essayer d'être aussi grand que le *l.* Et la barre du *b* dégringole pour former le *p.*

En un quart d'heure, Benoît reconnaît déjà plusieurs lettres. Ses yeux brillent de plaisir. Ses doigts s'agitent.

Puis l'abbé de Salignac ouvre un livre et demande aux enfants de lui montrer à tour de rôle les lettres qu'ils ont apprises. Ceux qui savent déjà lire aident les nouveaux.

Ensuite il remet à chacun une ardoise, une craie et fait écrire les lettres repérées dans le livre. Et Benoît trace avec une joie immense le *B* de son nom.

Benoît a l'impression de rentrer dans un monde nouveau. Il pense aux rues avec leur signe et aux magasins avec leurs enseignes.

L'abbé de Salignac interrompt sa leçon :

— Benoît et Claude, ça suffit pour vous deux aujourd'hui. Vous devez être fatigués. Je fais une classe vendredi soir. Vous allez revenir, n'est-ce pas ?

— Si on peut..., dit Benoît.

— Si votre maître ramoneur vous fait des histoires, dit l'abbé, je me chargerai d'aller lui parler. C'est une honte qu'il ne vous ait pas dit que vous pouviez venir en classe. Tous les enfants ont le droit d'apprendre à lire. Et nous avons fondé cette œuvre exprès pour vous, les migrants de Savoie.

— Ne vous inquiétez pas, dit Claude. C'est moi qui me charge de notre chef. C'est la première fois que j'ai l'occasion d'apprendre à lire, et personne ne va m'arrêter. Et je reviendrai l'année prochaine.

— L'année prochaine ! soupire l'abbé de Salignac. Il n'y aura peut-être plus d'Œuvre. C'est la Révolution en France. Et les bâtiments qui sont la propriété de l'Église vont sans doute devenir celle de la France.

— Mais si vous n'êtes pas là, où vous serez ? demande Benoît.

— Il faut que tu comprennes une chose, dit l'abbé. Les lois qui sont votées par tous doivent être respectées par tous.

— C'est vrai, ajoute Claude. Les prêtres sont des citoyens, eux aussi.

— Exactement, Claude. En France, beaucoup de gens du clergé ne sont pas d'accord avec ça. Des centaines de gens se battront et mourront à cause de cette idée. Mais, moi, je crois en ceci : je suis *et* un prêtre *et* un citoyen de France. J'espère qu'en Savoie vous deviendrez des citoyens jouissant de tous leurs droits et que vous aurez une assemblée qui les fera respecter.

— C'est pour ça que, moi, j'apprends à lire, dit Claude. À vendredi prochain !

Dans la rue, Claude et Benoît se sentent légers comme des éperviers planant sur le flanc des montagnes. Ils vont d'une rue à l'autre, d'une enseigne à l'autre, tâchant de reconnaître des lettres et de deviner des mots. Un lien extraordinaire les unit : tous deux vont savoir lire. Ce n'est pas Ambroise Tronel qui pourra les arrêter.

Dans la chambrée, Claude et Benoît regardent les autres avec un œil nouveau : ils ne seront plus jamais exactement comme eux.

*

Au bureau du ramonage de la rue Saint-Denis, le monsieur à lunettes rondes et aux joues rondes propose un nouveau travail : le directeur du théâtre de la rue Favart a besoin de ramoneurs pour son opéra-comique *Lodoïska*. Ces enfants-là ont l'habitude des toits, de la hauteur. Ils sont souvent réquisitionnés en soirée dans les théâtres pour s'occuper des décors. Cette fois, ils grimperont en haut de la scène et tiendront à l'aide de ficelles des nuages bleus.

— Je vous donne les numéros 187 et 198. On peut leur faire confiance, dit Ambroise Tronel.

— Le directeur du théâtre vous paiera largement, c'est un travail dangereux.

— Vous ne leur ferez pas casser le dos, j'espère. J'en ai déjà un d'abîmé dans ma troupe. Je n'en veux pas d'autres. On rentre dans trois mois en Savoie, je dois les ramener en bon état. Je veux les faire manger avant de les y envoyer. Un étourdissement là-haut, et ils basculent. Vous me payez d'avance, n'est-ce pas ?

— Je ne suis pas une œuvre de charité, Tronel. Si ça ne vous plaît pas, il y aura toujours un preneur.

Pendant que l'homme parle, Benoît regarde sur le bureau. Il peut lire : *ramonage, lundi, samedi*. On achète son travail. On parle de lui comme d'une mule pour tirer une charrette. Et pour oublier, il récite son alphabet et sourit en fredonnant des lettres.

À sept heures du soir, Benoît et Gérard arrivent au théâtre de la rue Favart. La représentation est à huit heures. On les introduit dans l'arrière-scène. Benoît a désormais l'habitude des spectacles étranges de Paris : le capharnaüm des coulisses l'amuse. Des costumes brillants de paillettes d'or et d'argent, des perruques, des tutus, des plumes mauves et bleues, des murs de décor. « Ah ! si Nicolas était ici ! » pense Benoît.

Sur une échelle étroite, les deux enfants grimpent, grimpent. Puis, d'en bas, on leur donne les consignes : marcher sur la planche de bois, se mettre à plat ventre et attraper chacun deux ficelles au bout desquelles pendent des nuages bleus découpés dans du bois. Ramper d'avant en arrière en s'appuyant sur les genoux et les coudes pour garder les mains libres. Tirer doucement les ficelles de bas en haut pour faire bouger les nuages. Le plateau de scène est bien loin là-dessous, mais les enfants n'ont pas le vertige. Souvent, sur les toits, ils se sont approchés jusqu'au bord pour regarder la rue.

Avant la représentation, Benoît inspecte le théâtre, aussi beau que le carrosse, avec ses fauteuils rouges et ses moulures le long des murs. Il monte jusqu'à la première galerie, s'assoit dans un fauteuil. Il est seul et ferme les yeux. « Du haut de la scène, je ne verrai pas comment mon nuage bouge. La personne qui sera ici, dans ce fauteuil, le verra. Mais elle ne saura pas que c'est moi qui fais bouger le nuage. » Sur le dossier du fauteuil, il trace avec son index un B dans le velours. Les poils s'écrasent sous son doigt. Puis il frotte le dossier pour effacer le signe et se hâte de rejoindre l'arrière-scène.

Benoît et Gérard sont maintenant là-haut. Ils entendent le bruit de la foule. Lorsque le rideau se lève, ils abaissent doucement les nuages.

Au début de la représentation, tout va bien. Benoît écoute la musique, regarde les changements de lumière, les chanteurs tout petits en bas. Mais bientôt ses genoux lui font mal et il a des crampes dans les bras. Gérard a l'air d'avoir mal aussi. Tout à coup Benoît a envie de laisser tomber les ficelles de ces stupides nuages, de redescendre l'échelle et de partir.

Encore une heure. Benoît perd la notion du temps. La musique continue. Les voix des chanteurs roulent, murmurent, se gonflent, vibrent, s'étirent. Les gens dans la salle applaudissent. Entracte.

Le rôle de Benoît est terminé. Il n'y a pas de nuages bleus à agiter dans la seconde partie. Mais Benoît ne peut plus bouger. D'en bas on lui fait signe de descendre. Gérard est sur l'échelle. Benoît reste immobile. Ses bras lui font si mal qu'il n'arrive pas à ramper sur la planche. Et il demeure là, à plat ventre.

La voix de Gérard :

— O ta bas !

Le cri des ramoneurs. Benoît sort de sa torpeur. « Boudou ! À quoi tu penses ? Tu aurais pu dégringoler. Bouge donc, boudou ! Descends ! » se dit Benoît.

Pourtant il ne peut ni avancer ni reculer. Il serre la poutre dans ses bras, il y colle le ventre. Figé.

Dans la salle, les spectateurs reprennent leurs places. Bientôt le rideau de scène va se lever pour le deuxième acte et il ne sera plus possible de descendre : cela ferait du bruit. Et Benoît est pris d'un vertige. Le plateau semble monter vers lui, ou est-ce lui qui tombe ? Il ferme les yeux et s'accroche désespérément à la poutre en s'efforçant de rester immobile.

La musique recommence, se mêlant à la voix des chanteurs. Benoît, là-haut sur sa planche, serre les dents, les paupières closes. Il essaie de ne pas perdre conscience de son corps et se murmure à lui-même : « Mes pieds ne bougent plus, mes jambes ne bougent plus, mon ventre sent cette planche et mes bras sont accrochés. Restez accrochés. Restez accrochés. » Les minutes s'écoulent lentement. « Tu vas attraper un corps d'agneau. Non, Benoît, sacré gaillard qui apprend à lire, tu ne vas pas attraper des jambes d'agneau. Et tu ne vas pas dégringoler, patatras, et... »

Dans les coulisses, le directeur de scène est inquiet : « Pourvu que ce gamin tienne jusqu'à la fin du deuxième acte. La représentation sera gâchée, s'il tombe. »

De nouveau des applaudissements. Le rideau tombe. Gérard monte à l'échelle et, à quatre pattes,

il s'approche de Benoît. Il lui touche l'épaule, lui tâte une jambe. Benoît ouvre les yeux.

— Mais qu'est-ce qui t'arrive ? Tu aurais pu te tuer. Regarde en bas ! Allez, viens !

Benoît suit Gérard sans répondre. Puis il s'accroche à l'échelle et descend en comptant les échelons. Enfin, il sent le sol sous ses pieds et serre Gérard dans ses bras.

— Boudou de boudou, j'ai eu peur, Gérard. Il faut que je remonte tout de suite autrement je ne vais plus jamais oser grimper dans une cheminée.

— Attends, tu n'es pas pressé. Ça va passer.

— Non, ça ne me passera pas.

Benoît grimpe à nouveau sur l'échelle, rampe sur la poutre, regarde en bas et crie :

— Haut en bas !

— Haut en bas ! répond Gérard.

— Haut en bas ! répond Benoît.

Puis il entonne un air d'opéra et y met des paroles de son cru :

Benoît, Benoît, t'es un petra
S'te monte pô
Du premi coup
Du premi coup
De te cope l'cou.

Le directeur de scène a eu très peur d'avoir un accident sur la conscience. Ces bonshommes noirs de suie et rieurs l'amusent maintenant. Avant de les renvoyer, il voudrait leur donner quelque chose. Dans un vase, un bouquet de roses en papier qui fait partie des décors : il en coupe une pour chacun des enfants et les accroche à leur chandail. Benoît regarde sa fleur, la touche du bout des doigts et demande :

— Comment est-ce que ça s'écrit, rose ?

— *R-o-s-e*, répond le directeur, étonné d'une telle question.

Et tout en caressant sa fleur, Benoît murmure :

— R-o-s-e.

— Tu es fou ? s'écrie Gérard. Ça t'a rendu fou de grimper là-haut ?

— Mais non, je ne suis pas fou. J'apprends à lire.

*

Benoît a désormais son coin à lui dans la chambrée : il a mis sur le mur l'image du chat gris et du singe vert donnée par la marchande de pain d'épice. Il a piqué sa rose dans une fente entre deux pierres. Et sous sa paillasse, il a glissé un abécédaire donné par l'abbé de Salignac.

Claude a dû se battre avec Ambroise Tronel pour avoir le droit d'aller en classe. Puis ils ont travaillé vite, lui et son équipe. Il a même accepté de mettre dans la caisse commune de l'argent gagné avec Séraphin à décrotter des chaussures.

Ni Benoît ni Claude ne se plaignent d'avoir faim : les jours où ils vont à l'Œuvre, ils mangent leur soupe là-bas. Ambroise Tronel a accepté qu'ils y aillent trois soirs par semaine : cela fait deux bouches de moins à nourrir dans la chambrée.

Claude commence à savoir bien lire. Lorsqu'il a le temps, il va avec Séraphin s'asseoir au chaud dans un café. À eux deux, ils essaient de comprendre des articles du *Moniteur universel,* un journal dont ils ont obtenu des copies au café Corazza :

Il n'y a pas en France d'autorité supérieure à la loi. Tous les hommes sont égaux aux yeux de la loi. Elle inflige à tous les mêmes punitions et elle les appelle tous aux mêmes dignités, aux mêmes emplois dans la société sans autres distinctions que celles des talents [...]. Le but de toute association politique est la conservation des droits de l'homme : ces droits sont la liberté, la propriété, la sûreté et la résistance à l'oppression.

CHAPITRE 7

Février. Mars. Longs mois d'hiver.

Benoît a eu quelques occasions d'avoir du travail supplémentaire : il a ciré des parquets à l'hôtel de Noailles et à l'hôtel de Rohan. En mars, il est allé charger des charrettes de bois sur la Seine où les troncs flottés sont entreposés. Le peu d'argent qu'il a gagné, il l'a confié à Claude pour être sûr qu'Ambroise Tronel ne le lui prenne pas. Les rêves d'être libre avec un travail à lui se sont estompés.

Benoît vit donc au jour le jour : heureux dès qu'il a mangé à sa faim ; renfrogné lorsqu'il a trop froid ; satisfait lorsqu'il remplit toutes les commandes de ramonage ; fier de lui quand l'abbé de Salignac le félicite de ses progrès en lecture.

*

Avril. Les premiers signes du printemps apparaissent. Les bourgeons percent sur les marronniers des parcs. On danse dans les jardins. Aux cafés du Palais-Royal on discute de la grande fête du 14 Juillet qui célébrera le premier anniversaire de la prise de la Bastille.

Et les ramoneurs, eux, se préparent pour leur retour.

Ambroise Tronel fait, au bureau du ramonage, les comptes des dernières semaines. Puis il calcule les parts de chacun des enfants. Benoît rapportera quatre livres. Claude, quinze. Ces paiements ne correspondent pas au travail réel. Si les parents rouspètent, Tronel augmentera le salaire. Si les parents semblent satisfaits, il donnera le minimum.

Ambroise Tronel règle le dernier mois de loyer pour la chambrée. Il a acheté des tissus et de la mercerie qu'il revendra sur les marchés de Savoie. Il rassemble son énorme ballot de marchandises et l'enroule dans des serpillières pour le protéger. Les comptes une fois faits, il lui reste encore trois cent cinquante livres. Ce n'est pas énorme, mais il est satisfait de sa saison.

Les enfants emballent, eux aussi, leur couverture et leurs sabots. Benoît n'oublie pas ses souvenirs : son image, sa fleur en papier. Les paquets sont vite faits.

Toute la pensée de Benoît est déjà tournée vers Albiez lorsqu'il descend pour la dernière fois l'escalier étroit et encombré d'ordures.

Dans le petit matin, c'est sans émotion qu'il traverse la ville et qu'il entend les cris des marchands ambulants.

*

Le chemin du retour se fait par longues étapes. La température est agréable et les enfants marchent pieds nus pour ne pas user ce qui reste de la semelle de leurs sabots. Ils dorment dans les fermes s'ils y trouvent du travail. Sinon dans les fossés. Ils mendient leur nourriture pour ne pas entamer leur gain.

De nouveau, ils passent la frontière au Pont-de-Beauvoisin. Claude voudrait revoir Jacques Brissot, le jeune soldat qu'il avait rencontré à son arrivée en France. Mais il est parti rejoindre un comité de gardes nationaux à Nancy.

— Les soldats se font voler, eux aussi, lui dit un garde. On nous a promis des augmentations de salaire. On nous a payés avec un morceau de pain. Les officiers se moquent de nous, comme les seigneurs se moquent des paysans et les nobles de leurs domestiques. On ne l'a pas encore finie, notre Révolution.

— Et nous, on n'a pas encore commencé la nôtre, en Savoie, rétorque Claude. Mais ça va venir. Salut, citoyen !

Au bord de l'Arc, Benoît, pour fêter son retour, lance de toutes ses forces des cailloux dans l'eau. Puis il descend vers la berge, laisse pendre sa main dans le courant, l'agite pour faire des tourbillons et s'asperge le visage. Il arrache une poignée de mousse qu'il roule entre ses doigts, heureux comme une tarine qui retrouve l'alpe après les mois d'hiver. Il saute d'un pied sur l'autre, baisse la tête et charge Gérard en courant. Tous deux se livrent à une lutte d'amitié et de rire à faux coups de poing et de pied.

Dans la vallée, les enfants de La Chambre et de Saint-Jean-de-Maurienne quittent le groupe pour rejoindre leurs familles. La troupe s'amenuise.

Ambroise Tronel décide de ne pas aller jusqu'à Albiez. Il donne de l'argent à Claude et le charge de conduire les enfants : dans ce groupe, il y a François Pernassin. Ambroise Tronel n'a aucune envie de rencontrer les parents. François a perdu la mémoire, il est toujours incapable de parler, les muscles de sa bouche sont paralysés et de ses lèvres coule un filet de salive. Lorsque sa famille se sera habituée à voir François comme ça, Tronel ira leur rendre visite. Un accident fait partie des risques du départ. Ambroise ne pouvait l'éviter. Claude Verduraz expliquera ce qui est arrivé.

— Tronel est un lâche, dit Benoît. Pourquoi n'est-ce pas lui qui va dire aux Pernassin ce qui est arrivé ?

— Tronel est prudent, dit Claude. C'est lui le responsable de la troupe, pas moi. Les Pernassin ne me diront rien à moi.

— Et alors, il a peur d'une engueulade ?

— Sans doute. Je ne suis pas dans la peau de Tronel. Heureusement que je n'y suis pas, dans sa peau.

Ils approchent d'Albiez. Là, l'oratoire à Notre-Dame. Encore un tournant et le village apparaît. Le bruit du torrent gonflé par la fonte des neiges. Benoît ouvre la bouche pour faire pénétrer en lui l'air piquant et frais. Les chalets d'Albiez. L'église. À toutes jambes, Benoît court vers sa maison.

Grand-Père est assis devant la porte occupé à sculpter un morceau de bois.

— Je suis là ! crie Benoît.

Le grand-père lève la tête. Sa moustache tremble de joie. Il laisse ses outils, sans faire trop vite, comme pour mieux se préparer à recevoir Benoît dans ses bras. Et d'un grand geste affectueux, il l'accueille contre lui.

— Tu pleures ? demande Benoît.

— Mais non ! J'ai encore un peu de rhume.

Il renifle et se frotte la moustache avec deux doigts.

— Mais laisse-moi donc te regarder. Tu as grandi et tu as maigri, mon bonhomme. Je suis sûr que tu n'as rien mangé de tout l'hiver, dans ton Paris. Et Tronel, il ne t'a pas battu, j'espère ?

— Ce n'est pas *mon* Paris, Grand-Père. Pas du tout. Si tu savais comme j'en ai assez de la suie et des cheminées. Et Maman et la petite sœur, et Papa ?

Claude arrive maintenant, moins pressé que son frère de retrouver la maison. Il embrasse le grand-père.

— Ça va, Claude ?

— Ça va. Et Papa ?

— Ton père est allé remonter la terre dans les champs du marquis. En fait, si tu veux y aller tout de suite, je suis sûr qu'il sera content d'avoir de l'aide.

Claude éclate aussitôt :

— En France, l'Assemblée nationale a reconnu les droits des gens, ils ont aboli tous les privilèges de la noblesse. Ça veut dire que les gens peuvent avoir des terres à eux qui leur rapportent à eux.

— Ah ! ben, tu n'as pas changé, mon gars !

— Oh ! si, j'ai changé ! Ce que je dis maintenant, je le dirai dans les cafés de Chambéry, dans les villages. Il y a d'autres gars qui reviennent aussi de France. Ils ont les mêmes idées que moi. Ça va changer ! Que Papa le veuille ou non, je ne reçois plus d'ordres. C'est fini.

— Je vais te faire plaisir : ton père va être d'accord avec toi. Lui aussi est en train de changer. On commence à avoir des nobles, émigrés de France, qui viennent s'installer ici. Les prix du blé montent. Les gens rouspètent. La semaine dernière, les Quéraz et d'autres sont allés détruire les greniers de Baffert.

— Baffert ! Ils ont osé s'attaquer à Baffert ? s'écrie Claude.

— Mais oui. Ils avaient pris des piques, des pioches et ils lui ont réclamé les terrains du Génin. Et le blé qu'ils ont récupéré, ils l'ont vendu.

Claude exulte de joie :

— Enfin !

— L'autre jour à Chapareillan, il y a une bande de Français, la cocarde au chapeau, qui sont entrés en Savoie avec des gros chargements de sel. Ils ont crié : « Vive la Savoie ! Vive le tiers état ! Nous n'avons plus de bureau de douane. » Et ton père a pris le temps de discuter avec des représentants du club des Allobroges.

— Ils sont ici ? demande Claude. À Paris, j'en ai rencontré beaucoup dans un café où j'allais avec un copain.

— Mais bien sûr qu'ils sont ici. Ton père en a reçu à la maison. Il écoute. Il s'informe. Et lorsque viendra le jour de déclarer le roi Amédée un citoyen comme les autres, ton père ne sera pas le dernier à se réjouir.

— Et Maman ? demande Claude. Qu'est-ce qu'elle pense de tout ça ?

— Elle a refusé de payer ses impôts quand Louis Frasse est venu faire la collecte pour le marquis de Coudrée.

— Elle ?

— Mais oui ! Ta mère ! Elle l'a mis à la porte, Louis, en lui disant : « J'ai mes deux fils à Paris en ce moment. Avec l'argent qu'ils vont rapporter et ce que j'ai économisé, je vais acheter une mule. J'en ai assez de porter tout sur mon dos. Et leur argent ne sera pas récupéré pour vos impôts. Vous pouvez attendre, et le marquis aussi. »

— Maman a eu ce culot ? s'exclame Claude.

— Et moi, j'en suis très content. J'y suis allé, chez le marquis. Quand ta mère a refusé de payer les impôts, Louis Frasse nous a fait venir au château. C'est pas la misère là-bas... Nous, on compte les sacs de lentilles. Au château, on installe des girouettes et on bâtit des pigeonniers. Dans le salon il y a autant de fauteuils que de chaises à l'église pour toute la paroisse. Ils ne sont pas encore près de crever de faim. Le marquis héberge deux familles d'émigrés. Je ne vois pas pourquoi, nous autres d'Albiez, il faudrait qu'on paye des impôts pour tout ce beau monde. Mais assez rouspété. Ta mère est au four à pain avec la petite sœur. Je suis sûr que vous avez faim, tous les deux.

Benoît rentre chez lui. Les bêtes sont là : les vaches, les chèvres, les poules. Sur la pointe des pieds, Benoît attrape le pot de beurre et met le doigt dedans. Il casse deux noix, va taper sur le dos des vaches, donne un coup de genou dans le ventre d'une chèvre, s'assoit sur un lit, va caresser le bénitier près de la porte, regarde par la fenêtre, remue les cendres de la cheminée, boit dans le creux de sa main un peu d'eau de la cruche, s'assoit sur un tabouret et des deux poings frappe la table.

Grand-Père regarde Benoît d'un air amusé : son petit-fils, heureux, reprend possession de sa maison. Paris ne l'a pas trop changé.

Grand-Père met sur le feu une marmite de lait et verse du caillé dans des bols. Puis il coupe de larges tranches de pain. Du haut de l'armoire, il tire un pot de pâte de pommes.

— Allez, tous les deux, mangez. On reparlera de la vie du pays plus tard.

— Grand-Père, je veux te dire quelque chose, dit Benoît.

— Vas-y, mon gars, je t'écoute.

— Claude et moi, on sait lire.

Le grand-père reste immobile.

— Tu veux dire que tu sais lire des livres ?

— Des livres, oui !

— Il faudra que je voie ça pour te croire...

Benoît déplie sa couverture, en sort la rose, l'image et une page du *Journal de Paris*.

— Écoute ça : *Aujourd'hui, 7 mars, le roi s'est levé plus tard que d'habitude, car il avait un rhume. Il a toussé six fois et M. le prince de...*

— Laisse ça tranquille. Tu fais semblant de lire et tu me racontes n'importe quoi. Avant d'aller à Paris, tu ne te serais jamais permis de te moquer de moi.

— Mais non, je ne fais pas semblant de lire ! Et si tu n'as pas compris ce que j'ai lu, je peux te le traduire en patois. Dimanche après la messe, j'irai lire une page devant le curé Émieux. Il ne me dira pas que j'invente, lui.

— On verra ça dimanche...

Benoît ferme les yeux pour mordre sa tartine et manger sa première cuillerée de caillé. Il mastique très lentement. Et loin, loin, apparaît la chambrée de Paris. Benoît ouvre les yeux. Ici, c'est chez lui. Plusieurs fois, il ouvre et ferme les yeux pour faire apparaître et disparaître la chambrée et sa maison. Son grand-père l'observe et sourit sans comprendre l'étrange jeu auquel joue Benoît avec ses paupières. Finalement Benoît s'arrête. Sa maison l'emplit d'une douce chaleur. Les murs de la chambrée ont disparu.

*

Mme Verduraz dépose sur une grande planche les pains chauds et se hâte vers la maison. La petite sœur la suit portant un morceau de pain rond comme un soleil, cuit exprès pour elle.

— Benoît ! Benoît ! crie Mme Verduraz.

Benoît sort de la maison. Mais il retient son élan et s'avance vers sa mère, les mains dans les poches, en sifflotant.

— Mon bonhomme ! dit-elle en le serrant dans ses bras.

Elle voudrait aussi embrasser Claude. Mais elle se contente de le prendre par les épaules.

— Bravo, Maman ! Grand-Père m'a raconté que tu avais refusé de payer les impôts. Je suis fier de toi. Je n'aurais jamais pensé que toi... Tu te souviens, tu te moquais toujours de mes idées.

— On peut changer, même à mon âge, Claude. Ton père et moi avons beaucoup discuté cet hiver.

Mme Verduraz serre de nouveau Benoît dans ses bras.

— Laisse-moi te regarder. Tu as grandi !

— Évidemment, j'ai grandi. Et j'ai gagné des sous. Pas autant que Claude, mais j'ai eu une bonne part.

— Tiens, mon pain-soleil, dit la petite sœur.

— Eh ! tu parles bien ! Mais tu te fais gâter par Maman. Tu iras à l'alpe l'été prochain et courir dans l'orage après les vaches, hein ? Ça te fera du bien de ne pas être dorlotée par tout le monde.

— Avec Maman, répond la petite sœur.

— Tu es un bébé ! Tu ne grandiras donc jamais ! Moi, je peux monter dans les cheminées et j'ai appris à lire.

— Tu veux dire que tu sais lire des livres ? demande Mme Verduraz.

Elle se précipite dans la maison :

— Tu as entendu, Grand-Père ? Benoît sait lire.

— On ira voir le curé Émieux pour qu'il lui fasse la classe. Benoît commence à devenir un sacré gaillard !

— Alors, tu sais vraiment lire ? Si on a le temps, tu m'apprendras. Quand j'étais petite, le curé de la paroisse m'avait donné un livre. Chaque fois que je le touchais, on me tapait sur les doigts. Alors j'ai abandonné... Maintenant, toi, tu m'apprendras.

— Ça ne te servira à rien, dit le grand-père. Tu as autre chose à faire.

— La marchande de croquets et de pain d'épice sait lire. Maman a bien le droit d'apprendre. On fera ça en soirée, à la bougie, promet Benoît. J'en achèterai une avec mes sous.

— Ils ne sont pas à toi, Benoît, tu le sais bien, dit Mme Verduraz, mais je t'en donnerai pour une bougie.

Dans son coin, Claude ronchonne :

— Ça sera des sous mieux dépensés qu'à payer les impôts du marquis...

— Et je suis d'accord avec toi, dit Mme Verduraz. On en a assez de se plier en deux pour demander de l'aide. Baffert, Louis Frasse et M. de Coudrée, il faudra qu'ils comprennent ça.

À ce moment, M. Verduraz rentre du travail.

— J'entends qu'on rouspète là-dedans. Claude doit être là.

— Moi, je sais lire. Et je vais montrer à Maman, annonce Benoît.

— Est-ce que tu sais encore traire une vache ?

— J'ai rapporté des sous.

— Et ça va te servir à quoi, de savoir lire ?

— Je ne sais pas. Je verrai bien.

— Moi, je pars pour Chambéry dans deux jours, annonce Claude, je veux aller voir si les gens savent ce qui se passe en France.

— On ne t'a pas attendu pour savoir ce qui se passe en France, Claude ! Et on le sait, même ici à Albiez. J'ai de la terre à remonter dans les champs et j'ai besoin d'un coup de main, réplique M. Verduraz.

— Je veux bien t'aider, après je pars.

— Moi, je peux donner un coup de main, renchérit Benoît, si tu me laisses montrer à Maman comment on fait pour lire.

— Eh bien, mon gars, ton séjour à Paris, ça t'a donné du culot ! Tu poses des conditions pour ton travail ?

Pendant que M. Verduraz boit un bol de lait et mange une tranche de pain, Benoît se glisse vers Claude :

— Tu lui parleras des droits de l'homme, à Papa ?

— Il les connaît déjà. Il sait pourquoi je pars à Chambéry. Droit à la liberté, à la propriété, à la résistance, à l'oppression. Papa en sait long là-dessus.

*

C'est le soir. Mme Verduraz est assise à côté d'un tas de chanvre. Avec un peigne en fer, elle écarte les tiges de chanvre en longs fils. M. Verduraz casse des noix et sépare la chair de la coquille. La petite sœur empile des brindilles qu'elle roule dans un torchon. Elle ouvre le torchon, y prend un brin de bois, referme le torchon, pose la brindille par terre. Ainsi de brindille en brindille, elle forme un dessin. Elle est absorbée dans son jeu, s'applique et finit par se mettre à danser autour de son dessin.

Claude, étendu sur son lit, pense à Paris, au café de la Coutille, à Séraphin. « Ce n'est pas comme Tronel que je veux devenir. Ni comme Papa. Ma tâche : préparer le moment où la Savoie va avoir le même gouvernement que la France. »

Benoît et le grand-père fabriquent un sifflet dans une branche de frêne. Et pour être bien sûrs que l'écorce se détache du bois sans se fendre, tous deux fredonnent en cadence :

Pélé, péla, sôva
sôva, sôva, pé,
moss l'encruoà
vins dinô
lou pê cuillion
les fôv brûlon
s' te pèle pô
du premin cou
de te cope l' cou.

Marie-Christine Helgerson

L'auteur est née en France en 1946. Elle a fait des études de philosophie à la faculté de Lyon. À vingt et un ans, elle part vivre aux États-Unis, où elle réside aujourd'hui, en Californie, avec son mari et sa fille.

« Un livre, nous dit-elle, c'est un bâtiment de mots. Il peut être aussi simple et sobre qu'une église romane de Bourgogne ou aussi compliqué que le forum des Halles à Paris. Simple ou complexe, il faut choisir des matériaux pour le bâtir.

« À Santa Barbara, ma ville, il y a une immense bibliothèque. C'est là que je fais mes recherches. Je me suis promenée de livre en livre pendant de longues heures avant d'écrire *Dans les cheminées de Paris,* en quête de détails pour reconstituer la vie d'un enfant ramoneur. J'avais fait le même travail pour *Claudine de Lyon.*

« Et puis je construis : je suis tantôt architecte, tantôt maçon, tantôt décorateur. Mais les mots sont fragiles ou fuyants, parfois insaisissables. Je bâtis avec eux. Et c'est ce qui me plaît. »

Du même auteur :

Quitter son pays
Claudine de Lyon
Lucien et le Chimpanzé
Moi, Alfredo Pérez
L'apprenti amoureux
Dans l'officine de maître Arnaud
Vas-y Claire !
Louison et monsieur Molière

Yves Beaujard

L'illustrateur a vécu dix ans aux États-Unis où il a gravé timbres-poste, billets de banque et portraits officiels. Revenu en France depuis plusieurs années, il consacre la majorité de son temps à la gravure et à l'illustration.

MARCELINO TRUONG

L'illustrateur de la couverture est né en 1957 à Manille, d'un père vietnamien et d'une mère française. Enfant, il voyage au Viêt-nam, aux États-Unis et en Angleterre. Après Sciences-po, l'agrégation d'anglais et d'innombrables petits métiers, à vingt-cinq ans, il choisit la vie d'artiste. Il a appris le métier d'illustrateur en multipliant les collaborations dans la presse, l'édition et la publicité. Marcelino Truong a illustré de nombreux livres pour la jeunesse chez différents éditeurs, ainsi qu'une bande dessinée sur le Viêt-nam des années vingt. Il vit à Paris, avec sa femme et ses trois filles qui montrent déjà d'évidentes dispositions pour le dessin.

Table des matières

ROMANS

Tout un monde de lecture
entre les mains.

TITRES DÉJÀ PARUS

Flammarion jeunesse

Claudine de Lyon

Marie-Christine Helgerson

Claudine a onze ans, elle travaille dix heures par jour
dans l'atelier de son père, à tisser de la soie.
Mais cette vie épuise la petite fille
qui tombe gravement malade. Pour guérir, elle part
à la campagne. Claudine veut retrouver la santé
et elle n'a pas envie de retourner à Lyon pour travailler.
Ce qu'elle désire par dessus tout, c'est aller à l'école
et réaliser son rêve : savoir lire, écrire et surtout dessiner.

« J'en ai assez de recevoir des ordres. Je veux choisir pour moi. Je sais bien ce que je ferai : j'irai à l'école, j'apprendrai des tas de choses et je ferai des dessins encore plus beaux que ceux de Carlo. »

De Sacha à Macha
Rachel Hausfater et Yaël Hassan

Derrière son ordinateur, Sacha envoie des mails à des destinataires imaginaires, comme autant de bouteilles à la mer. Jusqu'au jour où Macha répond. Commence alors une bien étrange correspondance, pleine de tâtonnements mais aussi de confidences... Est-ce le début d'une belle amitié ?

« Tu m'as fait une de ces peurs ! J'ai eu l'impression que j'allais tomber dans un gouffre. Tu es la seule personne qui m'ait tendu la main : j'ai besoin que tu me la tiennes encore un peu. Beaucoup. Longtemps. Toujours. »

Jonathan Livingston le goéland

Richard Bach

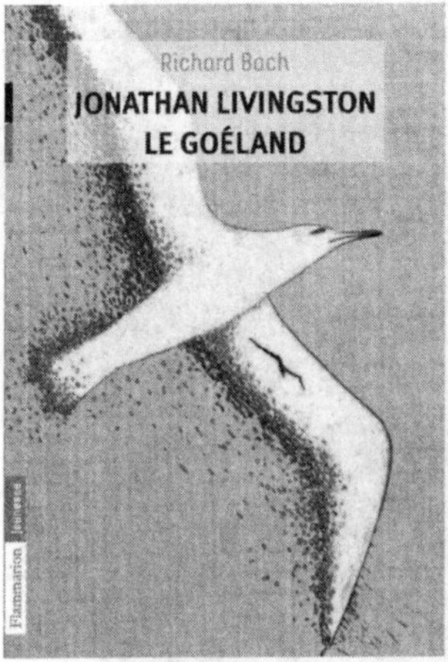

Jonathan Livingston n'est pas un goéland comme les autres. Sa seule passion, c'est de voler toujours plus vite, toujours plus haut. Incompris des autres goélands, il est chassé du clan. Il poursuit, solitaire, sa quête de liberté. Sera-t-il condamné à vivre son rêve seul ?

« Il remarqua qu'aux vitesses extrêmes plusieurs plumes dressées simultanément le faisait tournoyer comme une balle de fusil... Jonathan venait de réussir la première acrobatie aérienne de toute l'histoire terrestre des goélands. »

Flammarion jeunesse

Jun-ling, une enfance chinoise

Adeline Yen Mah

Orpheline de mère, Jun-ling est le souffre-douleur de sa famille. Ses frères et sa sœur lui reprochent la mort de leur mère et son père la néglige. Soutenue par son grand-père Ye Ye et sa tante Baba, Jun-ling apprend à avoir confiance en elle et à partager leur amour des lettres. Elle y puisera la force de prendre son envol...

« Tu as à l'intérieur de toi quelque chose d'unique,
de précieux, je l'ai toujours senti. Tu ne dois pas le gaspiller.
Il faut leur prouver qu'ils ont tort. Promis ?
- Juré ! »

Imprimé à Barcelone par:

CPi
BLACK PRINT

Flammarion s'engage pour l'environnement
en imprimant l'ensemble de ses livres de poche
sur du papier issu de forêts gérées durablement.

Certifié PEFC

Cet ouvrage est issu de forêts gérées durablement et de sources contrôlées.

PEFC

PEFC/14-38-00121

pefc-france.org

Dépôt légal : septembre 2010
N° d'édition : L.01EJEN000486.C003
Loi n° 49-956 du 16 juillet 1949
sur les publications destinées à la jeunesse